KB044443

일하는 여자들

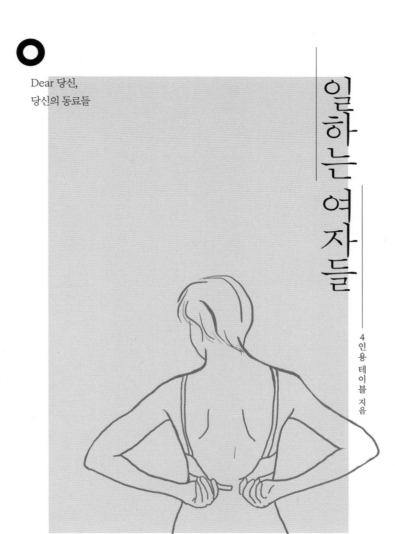

Dear 당신,
당신의 동료들

일하는 여자들

4인용 테이블 지음

book by PUBLY

PROLOGUE
by 퍼블리

"꾸준히 일하며 자신을 정확히
바라보는 삶의 원칙과 태도를
추구하는 모든 여성들에게"

일하는 여자로서 나는 얼마나 살아왔나 세어 보았다. 살짝 놀랍게도, 적지 않은 시간이었다. 일하는 여자라는 정체성으로 산 시간이 삶의 절반을 넘어서는 시점이 머지않았다. 평생 일을 하고 싶다는 욕심으로 노력해왔지만, 지금까지 일할 수 있었던 것은 예상치 못한 행운과 셀 수 없는 도움의 손길 덕분이다.

〈일하는 여자들〉은 2017년 초여름, 퍼블리 PUBLY에서 디지털 콘텐츠로 발행되었다. 퍼블리는 유료 콘텐츠 플랫폼이기에, '결제'라는 가장 명료한 방식으로 독자의 선택을 받아야 한다. 저자 '4인용 테이블'의 기획안을 보고, 결제를 한 200여 명의 독자들이 있었기에 디지털 콘텐츠 〈일하는 여자들〉 그리고 종이책 《일하는 여자들》이 세상에 나올 수 있었다. 깊이 감사드린다.

콘텐츠 시장의 오래된 관습과 경계가 허물어
지는 요즘, 콘텐츠를 담아내는 그릇은 더 많
은 변화와 실험 과정을 거치게 될 것이다. 그
럼에도 독자의 선택을 받기 위해서는 콘텐츠
가 가진 메시지의 힘이 무엇보다 중요하다고
생각한다. 그렇기에 메시지가 지닌 매력과
독자의 니즈에 따라 꼭 알맞은 그릇을 골라
기반을 넓혀나가는 시도가 더욱 필요하다.

〈일하는 여자들〉 콘텐츠가 디지털에서 종이
로 두 번째 그릇에 담기게 되었다. 책에 알
맞게 인터뷰를 보강하고 편집하는 세심한
과정을 거쳤다. 메시지의 힘은 동일하다.
계속 꾸준히 일하며 자신을 정확히 바라보
는 삶의 원칙과 태도를 추구하는 모든 일하
는 여성에게는 영감과 용기를, 그리고 이들
과 함께하는 모든 이에게는 이해와 공감을
전할 수 있는 콘텐츠가 된다면 기쁘겠다.

이 책이 나오기까지 함께 고생한 저자 '4인 용 테이블'과 든든한 출판 파트너 미래엔 박 현미 실장과 이명연 에디터, 그리고 퍼블리 콘텐츠를 이끄는 김안나 CCO와 박소리 매 니저에게 감사와 축하를 함께 전한다.

2017년 12월
PUBLY, CEO 박소령

PROLOGUE
by 4인용 테이블

"젊은 남성이 어떤 분야에서 성공한 선배 남성을 찾아가 이야기를 듣는 서사는 차고 넘치도록 많다. 성공한 여성의 사례를 보거나 듣는 게 같은 여성에게는 정말 중요하다. 이런 책 어디 없을까?"

자들 열한 명에게 깊은 감사와 존경의 마음
을 전한다.

이 책 안에 담긴 일하는 여자들의 각기 다른
목소리에, 일하는 우리가 가야 할 목적지까
지는 아니어도 방향은 보여줄 수 있는 힌트
가 담겨 있기를 바라며.

4인용 테이블, 윤이나

CONTENTS

배우전문기자

백은하

배우연구소 소장. 배우전문기자 백은하가 또
한 번 도전을 하면서 자신의 이름 앞에 스스로
붙인 직함이다. 〈씨네21〉 기자, 〈매거진t〉와
〈텐아시아〉 편집장, 〈경향신문〉 기자 그리고 올레
TV 〈무비스타 소셜클럽〉의 진행자로 소속과
직함을 바꿔가며 그 누구보다 바쁘게 일하던 어느
날, 그는 영화에 대해 좀 더 배우겠다며 런던으로
유학을 다녀왔다. 지금은 자신만의 '배우보고서'를
영상으로 써가며 나만의 배우 연구를 어떻게 평생
해나갈지 궁리 중이다. 늘 그래왔듯이 목적지로
가는 길이 없다면, 스스로 길을 내면서.

약
력

1999 – 2006   〈씨네21〉 기자 · 뉴욕 통신원
2006 – 2012   〈매거진t〉, 〈텐아시아〉 편집장
2013 – 현재   올레 TV 〈무비스타 소셜클럽〉 진행

"이런 시대에는
프로답게 잘 해내는
것이 중요하다."

백은하
배우전문기자

내 밭은 내가 간다

백은하

처음 일을 시작할 때의 이야기가 궁금하다.

어릴 때는 이야기를 영상을 통해 만들어내는 것을 좋아했고 막연하게 그 일을 하고 싶다고 느꼈다. 그러던 중에 SBS에서 스크립터로 아르바이트를 하게 됐는데 방송국은 내가 생각했던 것과는 많이 다른 공간이었다. 기본적으로 남성 중심적이라고 해야 하나? 20대 중반인 내가 가진 열정, 아이디어 같은 것을 다 뽑아가기만 하고 의미 있는 역할을 주지 않는다는 느낌이었다. 회의가 들던 차에 〈씨네21〉에 지원을 하게 된 거다.

처음부터 영화기자를 꿈꾼 건 아니었던 셈이다.

그렇긴 한데 당시 〈씨네21〉은 모든 대학생의 꿈이었다.(웃음) 그때만 해도 재기 발랄할 때라 당시 신인 배우를 소개하던 형식에 맞춰 좀 특이하게 자기소개서를 썼다. 아마 '어떤 애인가' 싶어서 면접까지 보게 된 거 같다. 무조건 영화기자가 되겠다 같은 건 아니었는데, 생각해보면 직업이라는 게 늘 그런 것 같다.

그렇다면 직업에 대한 고민도 영화기자가 된 뒤에 시작했을 텐데.

영화기자는 감성과 이성을 모두 요구하는 직업이다. 예술이면서 산업인 분야를 다루기 때문이다. 그래서 다들 그 안에서 특화된 분야를 갖게 된다. 그때가 기자들이 다양한 방식으로 독자를 만나는 방법, 자기만의 무기를 찾기 시작하던 때였다. 그렇다면 나의 무기는 뭘까? 나도 고민을 했다.

무기를 찾았나?

입사하고 선배들이 처음 시킨 일이 인터뷰였다. 스물다섯이라는 나이에 배우들을 만날 수 있는 기회를 얻은 거다. 나는 배우들을 볼 때 경외심이 든다. 그때는 영화 촬영 현장을 공개하는 경우가 많았는데, 완성된 영화를 볼 때보다 현장에서 직접 연기하는 모습을 보며 경외심을 더 느끼게 된 것 같다. 영화는 연속으로 찍는 게 아니라 분절되지 않나. 그 단절의 순간을 배우 스스로가 연결해가는 게 놀라웠다.

인터뷰가 무기가 된 거네.

무엇보다 나에게 맞는 일이었지. 배우는 살아 있는 사람이기 때문에 매번 그들의 선택에 따른 작업을 보고, 만나서 확인하는 게 중요하다. 그게 인터뷰하는 사람에게 생명력을 갖게 하는 힘이기도 하고. 일을 계속할 수 있었기 때문에 그들을 만날 기회가 지속적으로 주어졌다. 그렇게 송강호, 최민식, 설경구의 시대를 지나가면서 가장 가까이서 보고 기록할 수 있었다.

〈씨네21〉에 있는 동안 '여성' 영화기자라고 의식되는 순간은 없었나?

여자라서 부드럽다거나 예민하다는 생각은 편견일 뿐이다. 〈씨네21〉은 개별 인적 자원의 특이성이 높고 그걸 인정해주는 곳이라 비교적 청정했다. 어느 정도는 운이 좋았다고 생각하는데 기회를 무시당하거나 하는 경우는 없었던 것 같다. 오히려 영화기자는 성별에 상관없이 자신의 성취를 확인받을 수 있는 직업이라고 생각한다.

그런데 〈씨네21〉을 갑자기 떠났다.

〈씨네21〉이라는 잡지가 내가 가지고 있는 재능과 능력보다 워낙 크다 보니까, 내가 〈씨네21〉의 크기를 나의 크기로 착각하는 순간이 왔다. 회사를 그만두고 나오니까 알겠더라. 내가 미숙했다는걸. 30대로 접어들면서 미국에서 '노바디(nobody)'로 살며 내가 나를 오해하고 있었다는 걸 깨닫고 내 과장된 능력치를 누를 수 있었던 것 같다. 그렇다면 나만 할 수 있는 건 또 뭘까? 그렇게 한국으로 돌아와서 〈매거진t〉를 시작하게 됐다.

〈매거진〉는 나만이 할 수 있는 일이라고 생각했나?

〈씨네21〉 시절에는 나에게 TV 관련 기사를 쓰라고 하면 좋아하고 잘 할 수 있는데도 '왜 나한테 쓰라고 하지?'라고 생각했다. 영화에 비해서 TV 엔터테인먼트를 낮게 보는 시각이 사실 나에게도 있었던 거지. 나도 TV라는 것에 많은 영향을 받았는데 왜 그런 생각을 했을까? 미국 엔터테인먼트 산업 안에서는 TV가 가지고 있는 의미가 상당히 크다. 그 문화 안에 1년 동안 있으면서 TV에 관해 진지하게 접근하는 매체를 만들어봐야겠다는 생각이 들었다.

현재 각자의 영역에서 능력을 펼치고 있는 기자들을 후배로 뽑고, 또 동료로서 함께 일해왔다. 함께 일할 사람을 고르는 특별한 기준이 있나?

야심이 있는 사람은 본인의 큰 포부 때문에 자신뿐 아니라 동료까지 망치는 경우가 있다. 야심 없고 뭐 하나 재미있어 하는 게 있는 사람을 뽑았다. 그리고 기자는 사람을 설득해 이야기를 들어야 하기 때문에 사람에 대한 궁금증이 있어야 한다. 그런 궁금증을 가지고 있는 친구들, 무엇보다 내가 같이 일하고 싶은 사람을 뽑았다.

편집장이 되기에 많은 나이는 아니었으니 책임감이 막중했겠다.

그래서 이 업계 사람들이 빨리 늙는다. 충분히 현장에서 일할 수 있는 사람들이 40대에 접어들면 데스크에 앉아야 하는 거다. 30대 초반에 매체를 만들었으니 나에게는 그 시기가 특히 빨리 왔다. 할머니였지.(웃음) 새로운 걸 하고 싶었기 때문에 어쩔 수 없었다. 먼저 간 사람이 없으니 내가 밭을 갈아야 하는 것이다. 억울하지는 않다. 땅을 갈아놔야 거기에 뭘 심고 키울 수 있는 거니까. 그러다 〈매거진t〉에서부터 회사가 넘어가고 직장을 옮기는 과정까지 7, 8년이 지나면서 마냥 즐겁게 만들 수만은 없는 상황이 됐다. 나에게 집중해서 내가 뭘 원하는지 알아가야 하는 시간에, 이 나라 엔터테인먼트 저널리즘의 발전이라든가 우리가 하는 일이 어떤 의미를 갖는가 같은 큰 생각을 해야 했다.

더 큰 생각을 해야 한다는 건 개인적으로 어떤 의미였나?
잡지를 만든다는 건 사업적인 부분을 고민해야 한다는 거다. 사업을 하는 사람들은 나를 동등한 파트너가 아니고 어린 여자애라고 생각했던 것 같다. 그렇다고 해서 나를 바꿔가면서까지 명예 남성(honorary male)이 되거나, 세고 거칠어지는 선택을 하고 싶지는 않았다. 돈을 버는 수단으로써 잡지의 장이 되어 이끌어가는 건 체질적으로 어렵기도 하고 동시에 기자로서의 생산력이 높아질 시기에 관리자로 있으면서 오는 개인적인 스트레스도 적지 않았다. 나와 맞지 않은 일이었다. 분명 얻은 것도 많지만, 잃은 것도 있는 시기였다. 그렇게 회사를 관두고 나니까 30대 초반에 해야 하는 고민을 다시 해야 했다.

그래서 경향신문에 입사한 건가? 한 매체의 편집장이었던 사람이 일간지의 평기자가 되는 길을 선택한 것에 놀란 사람들도 많았을 텐데.

이미 영화, TV의 스페셜리스트로 10여 년을 살았기 때문에 제너럴리스트가 되어 전체적인 걸 배워보고 싶었다. 그리고 일간지에 가면 나이 든 사람이 많으니까 나는 중늙은이 정도가 아닐까 하는 생각도 했고.(웃음) 편집장이나 부장 같은 지위에 오르면서 어느 순간부터 행복하지가 않았다. 나는 다른 욕심은 많은데 지위를 얻고 싶은 욕심은 없다. 가능하다면 평사원, 평기자로 살아가고 싶은 마음이 컸는데 내 경력, 내 나이의 여성이 현장에서 일할 수 있는 곳이 없더라. 그래서 결국에는 5년 정도 전부터 프리랜서의 길을 걷게 된 거다.

프리랜서가 되면서 글을 계속 쓰지 않고 방송을 시작했다. 이 또한 백은하라는 기자를 지켜봐온 사람들에게는 의외의 선택으로 보였을 것 같다.

프리랜서가 된 뒤 의외로 원고 청탁이 들어오지 않았다. 보통의 매체에는 부담스러운 필자가 되어버린 거지.(웃음) 잡지를 졸업했고, 일간지로 돌아갈 수도 없고, 이 일을 그만두느냐 마느냐의 단계까지 와 있었다. 그때가 아직 마흔이 안 됐을 때였다. 이제 뭘 좀 알겠는데 써주는 사람이 없는 거다. 마치 졸업을 앞둔 대학생처럼, 직업을 구해야 하는데 어디를 가야 할지도 모르겠고 가고 싶은 곳도 없고 뭘 해야 할지도 모르겠더라. 그때 올레 TV 영화 소개 프로그램에서 합을 맞춰보자는 제안을 받았다.

〈무비스타 소셜클럽〉은 영화배우 인터뷰 전문 기자 백은하의 정체성이

잘 드러나는 프로그램이다.

시작할 때는 고정이 아니었는데 '인터뷰 코너를 만들자. 내가 하겠다'
고 역으로 프로그램 측에 제안했다. 프로듀서의 마인드를 가지고 접
근했는데 반응이 나쁘지 않아 믿고 가줬다. 일반 방송국이었다면 안
됐을 거라고 생각한다. 당시에는 라이벌도 따로 없었기 때문에 의도
하지는 않았지만 새 밭을 일구게 된 거지. 내 운명이 곡괭이를 들고
있는 것 같다.(웃음)

**직업은 계속 영화기자였지만 일하는 방식의 변화를 보면 미디어의 흐름
을 예측한 것처럼 보이기도 한다.**

모든 게 연결되어 있기 때문에 물결을 잘 탔다고 생각한다. 계산하지
는 않았다. 절실한 생존욕이 만든 것이었다고 생각한다. 내가 가지고
있는 능력, 자산을 계속 활용할 수 있는 판이 없다면 밭을 갈아서라도
판을 열고 시작하는 수밖에 없다. 그 과정에서 나에게도 내가 모르던
효용이 생기기는 했지만 또 그것만 믿고 살 수는 없었다.

그게 바로 2016년 여름 런던 유학을 떠난 이유인가?

〈무비스타 소셜클럽〉을 진행한 4년 동안 영화 잡지의 환경, 미디어의
환경, 기자를 대하는 사회적 인식이 모두 달라졌다. 원고료를 베이스
로 한 돈과 비교할 수 없을 정도의 돈을 버는 준셀러브리티도 생겨나
고. 그걸 보면서 영화기자는 재미없고 폼이 안 난다고 생각했던 사람

이 혹해서 시작하는 경우도 생겼을 거다. 모호한 판이 됐지. 나도 거기서 완전히 자유로울 순 없다. 하지만 영화기자들이 언제까지 행사나 방송을 할 수 있을까? 방송에서 소화할 수 있을 만큼의 영화 지식을 갖춘 연예인이 있다면, 이 시장 안에서 경쟁력이 기자에게 생길까? 그걸 뛰어넘을 수 있는 사람은 몇 명 되지 않는다. 그런 상황을 계속 불안해하며 살고 싶지 않았다. 그럼 뭐가 채워져야 불안함이 없어질까? 어떻게 하면 하던 걸 계속할 수 있을까? 그 답을 한국에서 찾았다면 런던까지 가지는 않았겠지.

따라갈 수 있는 사람이 앞서서 존재하는 것도 아니니까, 또 처음부터 혼자 결정해야 했겠다.

어느 순간, 살아남은 여자 영화기자가 거의 없으니까 정작 나에게는 롤 모델이 없는데 내가 후배들의 롤 모델이 되어버리더라. '백은하가 저렇게 하는데 나는 왜 안 돼?' 이렇게 생각하는 사람들도 있었을 것 같다. 그건 내가 막고 싶지도 않았고 막을 수도 없는 일이다. 어차피 스스로 서바이벌을 해야 하는 상황에서 자기 밥을 찾는 건데, 내가 뭐라고 할 수 있겠나. 그저 그들 이전에 나부터 좀 더 공부할 시간을 가지고 천천히 찾아가야 할 것 같은데 그럴 시간이 없었다. 런던으로 가기 전에는 이 모든 것이 조만간 끝날 텐데, 배가 떠난 다음에 손가락 빨면 안 되겠다는 생각을 했던 것 같다. 런던에서도 사실 혼란스러운 시기가 있었다. 그러다 어느 순간 어떻게 살아야겠다는 각성이 들더라.

어떻게?

내가 내 인생의 사장님이 되는 거다. 누구에게 고용될 생각을 하면
안 된다. 사업자등록을 하겠다는 이야기는 아니고.(웃음) 내가 직장을
안 다니고 청탁을 받지 못하면 그냥 나는 놀아야 하는 걸까? 그렇지
않을 때도 할 일이 있으면 되지 않을까? 그럼 내가 궁금하고 알고 싶
은 것에 관해 연구를 하면 되겠구나. 내 나름대로 '배우학'이라는 걸
만들었다. 그리고 나는 배우연구소의 소장, 배우연구자로 살아가면
된다는 거지.

백 소장님이 되는 거네.

맞다. 그러니까 모든 게 선명해졌다. 회사나 타이틀이 없는 나는 누구
인가? 그걸 알게 된 거다. 정확히 말하자면, 결국 잘하는 걸 해야 한
다. 이런 시대에는 프로답게 잘 해내는 것이 중요하다. 일이 계속할
만한 가치가 있고 좋아하는 것과 합쳐지면 가장 아름답겠지만. 분명
히 그 모든 게 합쳐지는 무언가가 있을 거다.

백은하에게 인터뷰란.

나에게는 내가 지금까지 해왔던 것, 배우들과의 꾸준한 인터뷰, 지식
같은 것이 재산이다. 누가 그것을 빼앗아가겠나? 이건 경쟁할 수도 없
다. 지금도 내가 어쭙잖게 평론가의 길을 걸었다면 얼마나 불행했을
까 생각한다. 내가 좋아하지도 않고 잘할 수도 없는 일이다. 배우 인

터뷰는 그냥 연예인 인터뷰라고 생각하는 사람도 있었지만, 나는 늘 인터뷰하는 사람으로서 자긍심을 가졌다. 지금도 인터뷰를 가치 없게 여기는 사람들과는 다른 내가 되어야 한다고 생각한다.

1년 만에 한국으로 돌아와서 다시 〈무비스타 소셜클럽〉을 진행하며 '배우보고서'라는 제목으로 배우 인터뷰를 시작했다. 현장으로 돌아온 소감이 어떤가?

표면적으로 하는 일은 비슷하다. 돌아오자마자 방송 녹화를 하고, 부산영화제에 다녀오고, 원고도 쓰고, 관객과의 대화에서 관객들도 만나고 있다. 지난 1년간, 한국 영화계 전체를 봤을 때는 거품이 빠지는 시기가 아니었나 싶다. 바뀌는 느낌도 있지만 위축된 느낌도 들더라. 기대했던 배우들이 침체된 것 같아 안타깝기도 했고. 개인으로서는 일하는 마음가짐 같은 것이 다시 관성적인 상태로 돌아가지 않으려면 어떤 방법이 있을까 고민하고 있다. 말은 이렇게 하지만 사실 아직은 적응 중이다.

한국으로 돌아오면서 배우연구소의 실현 계획이 구체화되었을 것 같은데.

사실 배우연구소는 나 혼자 하는 '세상에 이런 일이!'의 나 홀로 발명왕 같은 느낌이라 굳이 사무실을 집 공간과 분리하지는 않으려 했다. 그래서 살고 있는 집의 남는 공간을 활용해 사무실을 꾸려보려 하는데, 그게 2018년 초반에는 구현될 것 같다. 물리적인 공간을 우선 확보한 후에, 이후 활동하는 타이틀도 '배우연구소 소장'으로 맞춰서 가고 싶다. 프리랜서가 되면서 타이틀이 모호해져서인지 칼럼니스트라든가 평론가라는 직함을 붙이는 경우가 있었다. 영화 저널리스트나 영화기자라는 타이틀을 제외하면 다른 직함을 내 이름 앞에 붙여도 되는지를 늘 고민했고 기자가 아닌 직함으로 나가는 경우에는 수정을 요청하는데, 이제는 연구소 소장이 되는 것이다. 그렇게 오프라인에서도 관객을 만나면서 배우연구소의 프로젝트나 행사를 진행하고 있다. 단순한 관객과의 대화가 아니라 배우연구소의 배우연구에 관객도 직접 참여하고 연구해보는 느낌으로 구상 중이다.

그렇게 본다면 배우연구소는 사실 물리적인 공간이 반드시 필요한 것도 아니겠다.
물리적으로는 부암동 백은하의 집에 배우연구소가 있다고 할 수 있겠지만 나 자신이 움직이는 오피스가 되는 거지. 연구라는 것이 학문만은 아니지 않은가. 확장해서 보면 그걸 영상이나, 팟캐스트 등의 그릇에 담아내는 것도 연구의 한 종류가 될 수 있다고 생각한다. 배우라는 직업군을 둘러싸고 있는 다양한 이야기들을 여러 방식으로 뽑아내 보고 싶다. 아직은 막연하지만 계속 해보면 알게 되겠지.

계속 도전하는 모습에서 많은 후배가 롤 모델로 백은하를 꼽는 것 같다.
그런 것보다는 그저 다들 자기 자신이 재미있는 삶을 살았으면 좋겠다. 그래서 나도 그냥 내가 잘 살아야겠다는 생각을 한다. 돈을 많이 버는 게 아니라 내가 뭘 해야 행복한지 알면 된다. 삶을 바라보는 내 태도를 보고 후배들이 '저렇게 살면 되겠다' 정도로만 생각할 수 있다면 고맙지. 내 뒤에 오는 누군가를 향한 책임감이 이전에는 강했는데, 지금은 왜 그렇게까지 구체적인 도움을 주지 못해 힘들어했나 싶다. 사실 인생에서 각기 다른 고민을 가지고 있을 텐데, 내가 정말로 해줄 수 있는 건 내가 잘 사는 모습을 보여주는 것이라고 생각한다.

그게 다음 세대의 여성들에게 해주고 싶은 말이기도 할까?

조금 더 들어간다면 사회가 정한 시간에 꼭 따르지 않아도 된다는 말을 하고 싶다. 한국은 그게 워낙 심하니까. 각자 때가 있다. 마흔이 넘은 나이에 유학을 다녀온 나도 있고. 최근의 변화들이 고무적이고 좋다. 여성을 바라보는 시선이 조금씩 변하고 있다는 것을 느낀다. 사회의 젠더 감수성 면에서도 이전에 비하면 확언할 수는 없지만 바뀌는 단계라고 생각한다. 생각보다 어려운 것도 있고 어렵지 않은 것도 있으니까 우선 우리가 잘 사는 모습을 보여주어야 한다. 인생은 계획대로 되지 않는다. 그러니까 포기하고 막 살까? 아니, 그렇기 때문에 재미있는 일들을 찾을 수 있는 거다. 이럴 때일수록 우리 각자가 잘 사는 게 중요하다. 그 어떤 인류보다 행복하게 사는 것. 나 역시도 그렇게 어떤 때보다 개인적으로, 어쩌면 이기적으로 나 하나 잘 살아봐야겠다고 생각하고 있다.

앞으로도 잘 살 수 있는 방법은 찾았나?

이렇게 되면 배우연구자의 운명연구소 같은 느낌이기는 한데.(웃음) 런던에서 공부하며 배우에 관한 학문이 극단으로 나뉘어 있다는 사실을 알게 됐다. 하나는 전통적으로 배우의 연기를 기술로 보는 것이고, 또 하나는 스타인 배우가 사회에 끼치는 영향을 연구하는 것이다. 사각지대가 있는데 그게 바로 인간으로서의 배우다. 책 작업이든, 인터뷰를 통한 데이터 축적이든 계속 이어가면서 내 인생의 연구 한 챕터를 살아가고 싶다. 결과적으로는 실패한 학문을 하고 있다고 생각한다. 사람, 연기, 배우를 어떻게 분석하겠는가. 실패라는 걸 알고 있지만, 궁금하니까 무리해서라도 가보려 한다. 내 인생에 주어진 과제라면 과제일 텐데, 이걸 받아들이기까지 20년이 걸렸으니까 앞으로 20년은 더 즐겁게 받아들이면서 이어가고 싶다. 나부터 재미있게 살아갈 수 있는 가장 아름다운 방법을 찾아보면서.

인터뷰·글 윤이나

일하는 여자들

백은하의
물건

"벌써 10년도 훨씬 더 됐네요. 13년?" 기억도 잘 나지 않을 만큼 오래전, 뉴욕 여행용품 상점에서 백은하는 플라이트001 신발주머니를 샀다. 그는 초등학교가 아닌 국민학교를 다니던 시절부터 유난히 신발주머니를 좋아해 늘 예쁜 디자인을 찾아 들고 다녔다. 지금은 편한 신발을 신는 날에는 구두를, 구두를 신고 나간 날에는 스니커즈를 신발주머니에 넣고 다닌다. 자신을 차가 없는 '뚜벅이'로 표현하는 그는, 신발주머니와 함께라면 어디든 갈 수 있다. 단정하고 정돈된 모습으로 구두를 신고 방송 촬영이나 관객과의 대화(GV)를 마친 날에도 스니커즈로 갈아 신고 산책하듯 집으로 돌아올 수 있고, 가볍게 나간 날에 공적인 미팅 자리가 생기면 신발을 구두로 갈아 신고 사람들을 만날 수도 있다. 그의 표현에 따르면 '모드 변경'을 가능하게 하는, 필요할 때는 격식을 차릴 수 있게 돕고 원한다면 어디로든 갈 수 있게 해주는 마법의 주머니인 것이다. 그래서 몇 년 전 뉴욕에 들렀을 때 하나를 더 사와 번갈아가면서 쓰고 있다. 이 튼튼한 신발주머니가 없었다면 움직이는 배우연구소 그 자체인 백은하의 걸음이 조금 더뎌졌을지도 모르니, 유용한 데다가 고맙고 또 기특한 물건이 아닌가.

글 윤이나

영화감독

윤가은

윤가은 감독의 〈우리들〉은 2016년 수많은
사람이 꼽은 '올해의 데뷔작'이었다. 또 어떤
사람들에게는 인생의 영화이기도 할 것이다.
한국예술종합학교 전문사 재학 시절 만든 단편
〈손님〉과 〈콩나물〉로 국내외 단편영화제에서
여러 차례 수상하며 이름을 알린 윤가은 감독은,
〈우리들〉을 통해 차기작이 기다려지는 감독이
됐다. 차기작에도 분명 아무도 모르게 '반짝'하고
빛나던 우리들의 이야기가 숨겨져 있을 테다.

약
력

2011   단편 〈손님〉 연출
2013   단편 〈콩나물〉 연출
2016   〈우리들〉 연출

수
상

2012   제34회 클레르몽페랑 국제 단편영화제 국제 경쟁부문 대상
2016   제37회 청룡영화상 신인감독
2017   제53회 백상예술대상 영화부문 시나리오상

"자신을 믿는다면,
 겁먹지 않았으면 좋겠다."

윤가은
영화감독

겁내지 않는 우리들

윤가은

영화감독으로 살겠다고 결심한 건 언제부터인가?

인문대를 졸업했는데 사실 그때도 영화를 하려고 들어갔다. 인문학을 공부하면 영화를 더 잘 만들 수 있다는 유언비어를 들어서.(웃음) 영화를 한 번도 시도해본 적이 없으니까 '재능이 없으면 다른 일을 해야 하지 않을까' 하는 불안한 마음도 있어서 나에게 준 유예기간이었다. 그냥 곧바로 영화를 시작하면 나의 재능이라든가 다른 가능성을 탐색할 수 있는 시간이 없어지니까. 인문대를 졸업한 뒤 2년 정도 시간이 있었고, 그 후 스물아홉 살 때 한국예술종합학교에 들어갔다.

그렇다면 학사 졸업과 한국예술종합학교(이하 한예종) 전문사 입학 사이 기간에는 무슨 일을 했나?

졸업하고 2년 정도 대학로에서 연극 조연출 생활을 했다. 논술학원에서 아이들도 가르쳤고, 아르바이트로 돈을 벌었다. 여행도 다녔는데, 사실 한가롭지는 않았다. 마음이 요동치는 시절이었기 때문에 방황을 많이 했다. 전문사 입학 당시 전년도에 6개월 과정 독립 단편영화 제작 과정을 들은 경력이 전부였다.

일반 대학이든 한예종이든 학부 영화과 여자와 남자 학생 비율을 보면 보통 여자가 더 많은데, 졸업 후에는 성비가 역전된다. 한예종 전문사(석사) 과정은 어떤가?

나 역시 예술사(학사) 때는 여성 비율이 높은 것으로 알고 있다. 내가 그랬듯이 학사에서 석사로 넘어올 때 어떤 과정을 지나올 텐데, 거기서 어떤 일을 겪었을 수도 있고 스스로 포기하는 상황을 맞이할 수도 있고 실질적인 벽에 부딪히기도 하는 것 같다. 동기들의 경우 연출 전공은 20명 중 여자가 6명이었다. 그게 많은 편이라고 했다. 그 정도면 외롭지 않다고 느낀 숫자였던 것 같다. 그런데 거기서도 일로 연결되면 숫자가 확 작아진다. 연출은 더더욱 그렇다.

〈우리들〉이 개봉한 2016년은 드물게 여성 감독 영화가 많이 개봉한 해이기도 하다. 여성 감독들끼리 대담도 많이 했고, 만날 기회도 많았던 것으로 아는데 어떤 느낌이 들었나?

정말 좋았다. 영화제나 영화인들이 모이는 자리에 가면 힘이 됐다. 한 영화지에서 나눈 대담 때, 여성 감독으로서 어떤 느낌을 받는지 얘기한 게 처음이라는 느낌을 받았다. 여성 감독들과는 본질적으로 동지의식 같은 게 있는 것 같다. 나보다 앞서서 이 시스템을 경험한 분들이니까 그런 면에서 믿음도 있었다. '다음 영화를 어떻게 할까요?' 같은 질문도 좀 더 편하게 물어볼 수 있었고, 영화를 만드는 과정을 어떻게 이해하고 어떤 태도로 작업해야 하는지도, 같은 여성이라 묻는 게 수월했다.

여성 감독으로 영화를 만들고 투자를 받고 개봉을 하는 일련의 과정에서 염려가 되는 상황들이 있었을 것 같다.

복합적이다. 나의 경우는 단편부터도 계속 여자아이들 이야기를 해왔다. 〈우리들〉 찍기 전에도 여자아이들이 주인공인 이야기를 하려고 했는데 '장편도 계속 여자아이들 이야기를 할 거냐'라는 질문이 들어오는 거다. 아이들인데, 심지어 여자인 거지. 이게 상업적으로 소화가 안 된다는 조언을 여러 번 받았다. "이게 꼭 여고생 이야기여야 해? 회사 이야기여도 되잖아. 여자여야 해? 남자여도 되잖아." 이런 이야기를 들으면 늘 내가 '여자' 감독이어서인지, 그냥 나라는 사람이 부족해서인지 헷갈린다.

이중으로 질문하게 되는 거네.

이를테면 이런 질문을 받는 경우다. '여성 감독인데 감정적이고 섬세한 이야기를 하는 게 도움이 돼?' 지금까지 했던 것과는 다른 이야기로 장편을 찍을 수 있는 감독임을 어필하라는 거지. 나는 내가 가진 특징이 여성적인 것인지도 모르겠는데 '네가 여자니까 여성적인 이야기를 한다'는 프레임을 씌우고 나를 보고, 거기 매몰되어 있다고 말하는 거다. 나는 남자 캐릭터가 떼로 나오는 영화에 피로감을 느끼고, 그런 이야기를 좋아하지도 않을뿐더러 할 수도 없고 하고 싶지도 않다. 그런데 시장에서 요구한다고 하면서 '다른 걸 원하는 사람도 있을 텐데'라는 말조차 못 하게 하니까 답답한 것도 있었다. 여성 감독이 영화를 만든다고 하면 아무렇지 않게 일단 '여자 감수성' 이렇게 생각하는데, 다른 감독들도 그런 이야기를 많이 듣는다고 하더라. 늘 이 점을 이해시켜야 한다는 강박이 있다.

현장에서는 어땠나?
〈우리들〉의 경우는 현장의 성비가 반반이었다. 억지로 성비를 지키려고 하지는 않았다. 그냥 계속 함께 작업해온 스태프들인데, 여자아이들이 출연하고 배우들의 어머님들도 오시기 때문에 전체적으로 여자가 많은 환경이었다. 그런데도 현장에서는 내 의견을 강하게 피력해야 하는 상황이 올 때가 있는데, 그럴 때면 꼭 '내가 여자라서 이런 태도를 보인다고 생각하지 않을까?' 하는 고민을 해야 했다. '그 여자 감독은 신경질적이다' 같은 평가를 너무 많이 들어온 거지. 이상한 일인데 여성 감독이 많지 않으니까 내가 여성 감독들 이름에 먹칠하지는 않을까 하는 쓸데없는 고민을 추가로 하게 되는 거다. 그냥 솔직하게 풀어놓으면 되는 걸 머릿속으로 가능한 한 감정을 빼고 시뮬레이션을 해본다. 원래 감정적인 일이라 풀려고 하는 거니까, 의미 없는 에너지 소모를 추가하게 되는 거다. 나중에 돌이켜보면 남성 감독들은 이런 고민 안 할 것 같다는 생각이 드는 때가 많다.

소재 면에서도 그런 고민을 할 수 있을 것 같다.
시나리오 쓸 때 항상 그 질문에 부딪힌다. 그런데 이런 생각을 하기도 한다. 내가 남성 감독이라고 가정해보자. 큰 사건은 벌어지지 않는데 감정적으로 깊이 들어가는 영화를 찍는다고 하면, 이게 상업적인 소재인지 아닌지는 고민하겠지만 '내가 남자라서 남자 영화 만든다고 하면 어떻게 하지?'라는 고민은 안 하지 않을까? 나는 늘 '내가 여자라서 이렇게 섬세한 영화만 만든다고 하면 어떻게 하지?'라고 생각하는데 말이다. 그냥 '나'라는 사람의 성향이 드러나는 영화를 만드는 것일 뿐인데 이런 고민을 해야 한다니 아이러니하다. 복잡한 생각 안 하고 이야기에만 집중하기도 힘든데, 계속 질문을 던지고 여러 가지 가치와 싸우게 된다.

여성 감독들의 활약을 볼 수 있었던 2016년에 비해 2017년은 상대적으로 더 어두운 느낌이 들었을 것도 같은데.
2017년에는 여성 감독의 영화뿐 아니라 한국 영화계에서 여성 캐릭터가 부각되는 작품도 드물었던 것 같다. 2016년에는 나 역시 〈우리들〉 개봉으로 그 물결 안에 있어서 몰랐는데, 2017년을 겪고 나니까 2016년이 정말 재미있는 한 해였더라. 판의 흐름이 바뀌고 다시 도약하려면 바닥을 찍어야 하니까 지금을 준비 기간으로 인식해야 하는 걸까 하는 아쉬움이 있었다. 그래도 〈아이 캔 스피크〉의 '위안부' 할머니 옥분(나문희)과 다른 여성 캐릭터들에게서 여전히 '말해야 하는 여성의 이야기들이 있다'는 생각을 했고, 그랬기에 아주 의미가 없지는 않았다고 생각한다. 할리우드의 성추문 사태 같은 사건에서도 여성 배우들을 포함한 많은 여성의 용기를 봤다. 나는 사실 한국에서 아주 작은 영화를 만드는 한 개인일 뿐이지만, 그래도 한 영화의 프로덕션을 곧 시작하는 입장에서 더 예민하고 꼼꼼하게 움직이는 사람이 되어야겠다는 생각도 했다. 이 흐름 속에서 목소리가 작았던 사람이나 목소리가 없는 사람들이 있다면, 그들의 이야기를 더 크게 해야겠다는 연대 의식 같은 것을 느꼈달까.

두 번째 영화는 어떻게 되어가고 있나?

〈우리들〉 개봉 후에 감독들을 만날 기회만 있으면 두 번째 영화는 어떻게 해야 하느냐고 질문하곤 했다. 하나같이 빨리 만들라고 하더라. 첫 영화는 독립 영화에 학교와 연계되어 있었고, 자전적인 면이 강했으니까 그 이야기를 빨리 털어내야 다음으로 갈 수 있다고. 청룡영화제 신인상 탔을 때 변영주 감독님이 문자로 '축하해 너 이제 7년 논다' 이렇게 보내셨다.(웃음) 이경미 감독님처럼 7년 만에 〈비밀은 없다〉 같은 작품을 만들 수 있다면 그것도 좋을 것 같다고 생각했다. 감사하게도 나는 다음 작품을 2018년에 들어갈 수 있게 됐다. 영화진흥위원회의 예술영화 제작 지원을 받게 되었다. 시나리오를 계속 고쳐야 하는 상황이라 구체적인 이야기는 못 하지만 여자아이가 주인공이고 가족에 대한 이야기, 하지만 〈우리들〉과는 다른 이야기가 될 것 같다. 자매애를 엿볼 수 있는 작품, 삶의 주인공이 되는 멋진 여자아이들이 나오는 이야기를 하고 싶다는 생각을 계속하고 있다.

영화감독은 직업 특성상 영화를 찍지 않을 때는 무엇을 하고, 또 어떻게 먹고사는지가 별로 알려지지 않은 것 같다. 어떻게 먹고사는가?

나도 다른 감독들이 어떻게 먹고사는지 궁금하다.(웃음) 내 경우는 일단 2017년에 소규모의 상금으로 연명했다. GV(관객과의 대화, Guest Visit)나 특강으로 버는 돈도 있고. 이를테면 비정규 일용직 노동자라고 할 수 있다. 〈우리들〉 만드는 기간에는 3년 동안 계속 아르바이트를 했다. 동아리 강사를 오래 했고, 초등학교나 중학교 영화 교육, 중간중간 학원 강사도 했다. 늘 앞으로 어떻게 해야 할지가 제일 걱정인데, 여차하면 바로 학원 강사로 뛸 생각도 있었다. 나를 받아주기만 한다면.

이미 장편 데뷔를 한 영화감독인데도 아르바이트를 병행해야 하는 삶이 힘들지는 않은지.

다달이 월세, 생활비가 나가야 하는데 고정적인 수입이 없는 건 당연히 문제다. 영화 자체가 기약 없고 불안한 일이다. 나는 영화가 사행성 사업이라는 얘기를 많이 한다. 좋은 영화를 찍고 있다는 확신을 갖기도 어렵고, 관객을 만나서 어떤 작용이 일어날지 아무것도 알 수 없다. 거기에 생활까지 불안하니까 영화를 부업으로 할 수는 있어도 직업으로 할 수는 없는 건 아닐까 하는 생각을 한다. 사실 지금도 불안하면 학원 강사 사이트에 들어가 보고 편의점에서 주말에라도 규칙적으로 일해서 생활비라도 벌어야 하는 건 아닌가 걱정한다. 일상적인 불안을 조금만 덜어내면 또 다른 불안과 싸울 수 있지 않을까 하는 마음에서다. 그런데 작업에 영향을 미치니까 일단은 안 되고. '지금 이 돈이 떨어지면 어떻게 해야 하지?' 늘 이게 가장 큰 고민이다.

그런데도 감독으로 살고 싶은 이유가 있다면.

아직은 재미있는 것 같다. 이런 이야기를 하면 '너 너무 순진하다'는 말을 많이 듣는데, 내 인생이 그랬다. 영화를 정말 좋아했고 힘을 받았고, 영화로 인해 내 인생이 실제로 변한 순간이 있었다. 그래서 아직도 그런 순진한 희망을 품고 있다. 좋은 영화를 만들면 누군가의 마음에 가닿아서 그 사람의 인생을 어떤 면에서는 바꿀 수 있을지도 모른다는 희망. 아직 내게는 이게 가치 있는 일이라는 믿음이 있다. 가치는 있는데, 돈을 어떻게 벌 수 있는지는 다른 문제다. 내가 생각하는 좋은, 가치 있는 영화를 만들 수 있을 때까지는 시도해보고 싶다.

위기라는 생각이 드는 순간도 있을 텐데.

늘 있다. 매일.(웃음) 지금 같은 한국 영화 시장에서 내가 하고 싶은 이
야기를 과연 언제까지 영화관에 걸 수 있을까. 이런 고민은 결국 내
영화적 재능을 자꾸 의심하게 한다. 〈우리들〉이 기적적으로 오래 영화
관에 걸려 있었지만, 극장 수익으로 손익분기점을 넘기지는 못했다.
그런 경험을 하니 관객들이 정말 좋아해줘도 내 안에는 실패한 영화
라는 마음이 생기더라. 1차 정산을 했는데 다행히 해외 판권들이 팔
리면서 손익분기점을 넘었다. 그런데도 나에게 돌아오는 돈은 상당히
적은데. 3년간 아르바이트를 하면서 내 돈을 쏟아부으며 만든 영화의
결과가 이 정도라면 어떻게 하지? 그런 고민을 계속하지만 나는 하고
싶은 이야기를 포기하는 타입은 아니다. 나는 스스로를 보편적인 이
야기를 하는 상업 영화를 만드는 감독이라고 생각하지만, 〈우리들〉도
그랬고 아마 다음 영화도 다양성 영화로 분류될 거다. 이렇게 보편적
이고 쉬운 이야기를 하는데 아이들, 소녀가 나온다는 점이나 내가 취
하는 제작 방식으로 인해 다양성 영화를 만드는 감독이 되는 거다. 이
미 한국 영화 시장에서 다양성 영화 시장도 점점 줄고 있는데 시장이
더 획일화되어 간다면 이런 상황에서 내가 언제까지 할 수 있을까?

제도적인 보완이 필요하지는 않을까?

시급하다. 지금 한국 영화 시장이 답습하는 이야기들이 관객의 성향
이라고는 생각하지 않는다. 투자자, 제작사, 영화사가 과거의 것을 답

습해서 돈을 벌려 하고 그걸 위해서 취향을 설정하고 그런 영화를 많이 건 다음에 '관객이 좋아하잖아'라고 말하는데, 그건 앞뒤가 바뀐 거다. 관객은 그렇게 단순하지 않다. 그렇기 때문에 극장 수를 확보한다든가 하는 측면의 제도도 필요하고 제작 과정에서도 다양한 이야기를 만들 수 있는 계기를 마련해줄 필요가 있다. 제도를 만들고 창작자들이 다양한 시도를 할 수 있게 해야 한다.

창작을 계속 해나가다 보면 일을 쉴 때도 쉬는 느낌이 들지 않을 것 같은데, 어떤 방식으로 쉬는지도 궁금하다.

사실 쉬는 법을 잘 몰랐다. 하루 종일 일할 때 환기하는 법도 몰랐고, 영화와 그다음 영화 사이에 쉬는 법도 몰랐다. 쉬는 시간 없이 계속 아르바이트로 채워오다가 〈우리들〉 개봉하고 얼마의 시간이 지나서 2017년에야 어떻게 쉬어야 할지를 고민하면서 한 해를 보내온 것 같다. 스마트폰을 멀리하고 방에 틀어박혀서 밀린 미국 드라마를 본다거나 만화책을 보며 쉬려고 시도하기도 했고, 여행을 가보기도 했다. 그런데 요새 느끼는 건 일과 일 사이에 쉬는 것보다는 아주 바쁜 하루 중에 10분, 20분이라도 숨을 돌리는 것이 중요하다는 거다. 어디에 있든 제일 좋아하는 저녁 시간에 나가서 아무 생각도 하지 않고 30분에서 1시간 정도 그냥 산책하는 시간을 두고 있다.

만약 100억 원의 제작비가 주어진다면 어떤 영화를 만들고 싶은가?

얼마가 들지는 생각 안 해봤는데 진짜 해보고 싶은 이야기가 있다. 완전히 망해버린 이후의 이야기, 포스트 아포칼립스 영화를 좋아한다. 지구 멸망 이후의 폐허에서 한 소녀가 살아남아 영웅이 되는 이야기를 머릿속으로 늘 구상한다. 생각해보면 악조건이 다 들어 있다. 아이에 여성에 재난 영화니까 사실 말도 안 되는데, 늘 상상해본다. 진짜 멋있을 것 같지 않나?

영화 현장에서 일하고 싶어 하는 여성들에게 하고 싶은 이야기가 있다면?

파이팅! 같이 울고 시작하자.(웃음) 그래도 영화는 솔직한 것 같다. 일단 어떻게든 만들면 그 작품 자체로 평가해주는 부분이 분명히 있다. 영화는 좋고 나쁨을 숨길 수가 없다. 다른 일과는 좀 다르게, 어떤 면에서는 공정하게 평가받을 수 있는 부분이라고 생각한다. 여성으로서 진짜 영화를 만들 때 오는 문제들이 있는데 그건 솔직히 말하면 한국 사회에서 여성으로 살아갈 때 부딪히는 문제와 똑같다. 이 나라에서 여성으로 사는 것이 개선된다면 같이 바뀔 거다. 그런 면에서 여자로서 영화를 한다는 것 자체에 불안감을 가지지는 않았으면 한다.

영화감독을 꿈꾸는 후배들에게도 비슷한 마음인가?

다행인 건, 이야기를 쓸 수 있는 감독이라면 자기 안에서 느끼는 어려움 역시 영화적으로 표현할 수 있다는 것이다. 그런 게 힘이 되기도 한다. '너 여자니까 이런 영화 해야 해, 이런 영화는 안 돼' 하는 말들에 큰 가치를 두지 않았으면 한다. 그건 그냥 누구나 할 수 있는 '아무 말'이다. 여성에 대한 시선, 가치 평가 때문에 움츠러드는 문제들은 영화를 실제로 만들기 시작하면 작아진다. 내가 창작자로 어떤 이야기를 어떻게 할지 깊게 들어가고 자신을 믿는다면, 앞으로 나아가볼 수 있는 게 영화다. 겁먹지 않았으면 좋겠다.

인터뷰·글 윤이나

윤가은의
물건

제트스트림 4색 볼펜 0.7mm

언제부터 들고 다녔는지는 모르겠다. 필통이 뚱뚱해지도록 색이 다르고 종류가 다른 온갖 문구류를 넣고 다녔던 고등학생 윤가은은, 어른이 되고 어느 날부터인가 4색 볼펜 하나로 충분한 사람이 됐다. "보통 시나리오 작업을 위해 노트북을 들고 다니니까 가방이 무거워서 그랬던 것 같기도 해요. 무게를 덜고 싶어서요." 시나리오를 쓸 때뿐만이 아니다. 현장에서도 언제나 볼펜을 손에 쥐고 날아가버릴 것 같은 아이디어를 적어 내려간다. 누군가에게 어떤 말을 전하기에 앞서 어떻게 말할지 고민하고 연습하고 기록하는 버릇이 있는데, 그런 순간에도 4색 볼펜은 손에 꼭 쥐여져 있다. 한때 알아주는 문구류 수집가였던 그지만, 모든 것을 구입하고 사용해보니 정말 실용적인 건 볼펜 한 자루라는 사실을 알았다. 네 가지 색으로 머릿속 그림을 따라 변화를 주며 메모할 수 있으니, 이보다 더 실용적일 수는 없다. 그중 검은색과 파란색은 언제나 먼저 닳아 따로 심만 찾아 한 자루를 계속 쓸 정도. 무게를 더하지 않아 더욱 가벼워진 상태로 재빨리 움직일 수 있어야 자신이 원하는 일을 더 잘할 수 있다는 사실을 이제 알기 때문에, 오늘도 윤가은 감독은 볼펜 한 자루로 우리들의 세상을 메모하고 있다.

글 윤이나

일러스트레이터

임진아

일과 생활을 그리는 데 임진아만큼 탁월한 작가가
있을까? 단행본《이렇게 일만 하다가는》과
《일개미 자서전》의 삽화, 편집숍 29CM 앱
〈초이스 매거진〉에 연재했던 '나를 선택하는
방법' 시리즈, 에세이 시리즈《아무튼, 00》의 홍보
일러스트 등 누군가의 삶은 임진아의 그림을 통해
구체적인 표정을 얻고, 보는 이들과도 거리를
좁히며 친근하게 다가온다. 참고로 그의 작품은
imyang.net에서 자세히 볼 수 있다.

약
력

2016   29CM 앱 〈초이스 매거진〉 '나를 선택하는 방법' 연재
2017   에세이 시리즈 《아무튼, 00》 홍보 일러스트
2017   단행본 《일개미 자서전》 본문 삽화

"본인 스스로 물어보고
결정했다면
그걸로 된다."

임진아
일러스트레이터

나를 위한 그림

임진아

◯

에세이집 《일개미 자서전》의 삽화 작업처럼 유난히 '일'과 관련된 의뢰를 많이 받는 것 같다.

《일개미 자서전》은 저자와 편집자가 내 그림을 좋게 보고 의뢰했다. 사람 몸에 더듬이만 추가해서 캐릭터를 그렸고, 장치적 요소로 주인공을 계속 따라다니는 개미 친구도 함께 그렸다. 직장에 관한 이야기다 보니 나 자신도 이입을 해서 내 얘기를 그려보기도 하고, 떠오르는 장면들을 적극적으로 제안하기도 하면서 재미있게 작업했다.

직장생활을 언제 처음 시작했나.

스물두 살 때 문구 회사에 취직했다. 아기자기한 그림들로 스탬프를 만드는 게 첫 작업이었다. 원래 문구 쪽에 관심이 많기도 했고, 어머니가 광화문에서 카페를 하셨기 때문에 고등학생 시절 토요일마다 교

보문고에 갔다. 거기서 핫트랙스를 구경하곤 했다. 공책(0-check)이나 엠엠엠지(mmmg) 같은 브랜드를 알게 되면서 나도 이런 걸 하고 싶다고 생각했다. 원래 미술을 전공한 건 아닌데 낙서하는 건 좋아했거든.

시스템을 제대로 갖춘 회사였나.

대표가 두 명이었는데 서로 가까운 사이였다. 그러다 보니 나에 대해서도 직원 대우를 해준다기보다는 본인들처럼 '언제 퇴근해도 괜찮겠지' 하는 식으로 일을 했다. 열한 시에 출근하다 보니 어쨌든 여섯 시에는 절대 집에 가지 못했다. 출근 시간이 늦은 대신 퇴근 시간이 없는 게 그때는 좀 힘들었다. 그래도 다른 일반 회사보다 분위기는 자유로웠던 것 같다. 열한 시에 출근해서 밥 먹으러 한강에 도시락을 들고 나갔다가 오후 두세 시에 들어오고, 밤늦게 퇴근하고. 회사보다는 같이 프로젝트를 하려고 모인 느낌이었다.

트러블은 없었을까.

나 혼자 느끼는 건 있었지만 그걸 말하지는 않았지. 공간을 같이 쓰는 대표 중 한 명이 예민해서 힘들었다. 대표들끼리 싸우고 들어오면 책상을 다 엎어버린다든가 하는 걸 보게 되니까. 그 입장에서 보면 자기만의 공간에 내가 들어간 거고. 당시 우울증이라는 게 처음으로 왔다.

그걸 어떻게 느꼈나.

퇴근할 때 버스를 못 타겠더라. 온종일 사무실 안에서 내가 썩어 있었다는 기분이 들었다. 이 얼굴을 아무한테도 보여주고 싶지 않아 버스맨 뒷자리가 남아 있지 않으면 타지 않았다. 앞에서 초라하게 앉아 있는 나를 누구라도 보는 게 싫어서.

그 회사를 그만두고 바로 프리랜서가 된 건가?

말이 프리랜서지 사실은 백수였다. 회사에서 의뢰가 오면 건당으로 그림을 그려서 보내는 식이었으니까. 그때는 그냥 하고 싶은 걸 하면서 놀다시피 지냈다. 그러다가 또 다음 해에 사회적 기업에 들어가 2년 정도 일했다. 아무래도 사회적 기업이다 보니 금전적인 부분에서 힘들긴 하더라. 국가에서 지원받는 게 1인당 88만 원이었기 때문에 계속 그렇게만 월급을 받았다.

거기서는 어떤 일을 했나.

플리마켓 관련 인쇄물 혹은 사인물을 만들거나 교육 프로그램을 많이 했다. 가령 지역 공부방에 가서 반년 동안 강좌를 개설해 같이 생활한다거나 하는 일. 사회적 기업이다 보니 그런 프로그램을 계속 기획하고, 결재 올리고, 국가에서 지원금을 받아내야 했다. 그럴 때 회사에서는 내가 직원이지만 선생님으로 이름을 올리면, 선생님 강사료가 따로 나온다. 만약 건당 10만 원이라고 하면 그걸 내 통장으로 받아서 회사로 다시 돌려줘야 하는 구조였다.

원래 업무 외 일을 하는데도 보상이 따로 없었다는 얘긴가?

그때는 이해가 되지 않아도 다들 그렇게 하니까 그러려니 했던 것 같다. 그런데 근무 시간 외에 일을 더 하는데 추가 수당을 주지 않는 건 타당하지 않다고 생각하게 됐다. 혼자 '이건 아니지 않은가?' 고민하다가 다른 직원들과 이야기하면서 같은 의문을 품고 있다는 걸 알았다. 그 뒤로 딱 2년 일하고 다른 직원들과 같은 날 퇴사했다.

파란만장한 사회생활이다.

그래도 당시 함께 일했던 친구들과 아직 굉장히 친하게 지내고 있다. 사람을 얻었으니까 흑자라고 생각한다.(웃음) 그 후에는 카페 아르바이트를 하며 또다시 프리랜서로 일했다. 유어마인드의 《요리 그림책》에 참여했더니 눈여겨본 다른 출판사에서 연락이 오기도 했고, 쌈지 농부에서 아이들 대상으로 강좌를 기획하고 진행하기도 했다. 그때부터 개인으로 일하기 시작했다. 스물여섯 살 정도였는데 그러다가 또 스물일곱에 회사에 들어가 서른에 관뒀다. 지금 생각해보면 내 인생에서의 마지막 회사였지.

다시 회사를 선택한 건 금전적인 이유가 컸나?

물론이다. 문구를 좋아해 한 번쯤은 제대로 일해보고 싶기도 했고. 나름 빌딩에 지문을 찍고 들어가는, 체계가 있는 회사였다. 다행히 나를 뽑은 상관이 내 그림을 좋아해 그걸 디자인 작업물에 많이 반영할 수 있었다. 나름대로 공부가 많이 됐다.

이름을 알릴 기회가 되기도 했겠다.

우리나라 디자인 문구 시장 쪽이 굉장히 안타까운 게, 어디에도 누가
그렸고 누가 만들었는지 쓰여 있지 않다. 내가 다니던 회사도 그랬다.
내 이름을 넣을 수 있느냐고 상사에게 문의했는데 안 된다고 하더라.
책을 한 권 만드는 것처럼 다이어리에 그림을 넣는데도 맨 끝에 이름
한 줄을 못 넣게 했다.

안 되는 이유가 뭐였나.

내가 넣으면 다른 애들도 다 넣어야 한다는 게 이유였다.

불만이 있을 때 적극적으로 말하는 편인가.

재수 없는 사람이 되더라도(웃음) 다 얘기하는 편이다. 팀장님이 윗분
한테 직원들의 건의사항을 전달해줬으면 좋겠는데 하지 않으니까 회
의 시간에 내가 직접 말하게 되는 거다. 그 때문에 팀장님과 사이가
좋았다가 점점 멀어지기도 했다.

회사 내부에서 여성으로서 받는 차별은 없었을까?

경력직으로 입사하기도 했고, 근무도 꽤 오래 했기 때문에 주변에서
도 "이제 대리 달아야 하는 거 아니냐"고 말씀하셨다. 그런 분위기

탓인지 하루는 상사가 불러서 나한테 아직은 대리를 할 때가 아니라고 그러더라. 내년에 대리를 시켜주겠다고. 대리는 7년을 일해야 다는 거라고. 그런데 남자들은 신입으로 들어와도 1년만 있으면 대리가 되더라. 3, 4년 동안 사원으로 일하는 여자가 있더라도 남자가 있으면 먼저 승진하는 거지. 여자 대리 중에 나보다 두 살 더 많은 분이 있었는데, 면담에서 상사가 "네가 지금 대리를 달면 그 사람이 속상할 거다"라고 말하더라. 능력으로 사람을 평가하지 않고 여성들 사이에서 나이로 서열을 나누는 거다. '내가 남자였어도 이런 분위기를 느껴야 했을까?'라는 생각이 많이 들었다. 나중에는 결국 대리가 되긴 했지만 대표에게 '여기는 제가 있을 곳이 아니다'라고 편지를 쓰고 그만뒀다.

회사를 세 번째 그만둔 건데 겁나진 않았나?
다행히 퇴직금 체계가 잘돼 있는 회사라 그걸 믿고 그만둘 수 있었다. 그때 막연히 다시는 회사에 다니지 않겠다고 다짐했다.

프리랜서로서 본인 작업의 아이덴티티를 만들어가는 것도 힘들었을 텐데.
내가 그림을 전공했거나 화려한 그림을 그리는 사람이 아니었기 때문에 걱정이 많았다. 일이 많이 들어오지는 않았지만, 마지막 회사를 그만둔 후 처음 했던 게 아름다운재단의 주거 지원 캠페인 소책자《집에 가고 싶다》였다. 그다음이 단행본《이렇게 일만 하다가는》의 삽화였고. 돌이켜보니 내가 해온 일과 맞닿아 있다는 생각이 들더라. 이후에는 그걸 토대로 의뢰가 들어오기도 했다.

금전적인 어려움을 겪은 시기는 없나?

지금도 겪고 있다. 알라딘 중고 서점에서 여전히 책을 팔고 있고….(웃음) 본격적인 프리랜서로 일을 시작한 지 딱 1년 정도 됐는데, 돌이켜보니 들어오는 일은 어지간하면 다 했더라. 거절하면 일이 들어오지 않을까 봐. 사실 그림을 배운 적이 없기 때문에 나한테는 굉장히 어려운 일이다. 쉽게 보이는 삽화라도 나로서는 똑같은 걸 몇 번이나 그려보기 때문에 시간이 오래 걸린다. 그러다 보니 많은 일을 한꺼번에 할 수는 없어 항상 재정적으로 힘든 것 같다.

그래도 점점 자리를 잡아가고 있는 중 아닌가.

2017년 올해 초 여러 출판사에서 단행본 제의가 들어왔다. 온라인 편집숍 29CM(이십구센티미터) 앱 〈초이스 매거진〉에 연재한 걸 보고 연락을 준 거다. 세 권의 단행본 작업을 계약하고 '이제는 조금 안정적인 상태 아닐까?' 싶었는데 전혀 아니더라. 계약금을 받고 반년 이상은 추가금 없이 작업만 해야 하니까. 그러다 보면 그사이에 생계유지를 위해 당연히 삽화 그리는 일도 계속해야 하고, 책 작업할 시간은 또 점점 부족해진다. 물론 다양한 작업을 통해 내가 그림으로 구현할 수 있는 폭이 점점 넓어지는 건 좋은 점이다.

그게 딜레마겠다.

2017년 올해 초에도 외부 작업을 하느라 한 달 정도를 날려먹은 느낌이었다. 빨리 해달라고 해서 급하게 했는데, 끝나고 나니 페이가 들어와 생계유지가 되더라. 어쩔 수 없이 외부 일을 해야 하는 거구나 싶었다. 그런데 외부 작업에 공을 너무 많이 들이다 보니 정작 내 책 작업이 계속 미뤄지는 거다. 그것 때문에 또 괴로웠다. 책이 나오면 좀 괜찮아지려나.

스트레스를 많이 받는 편인가.

엄청 받는다. 가끔 사람들이 일상적인 인사말로 요즘 바쁘냐고 묻는데, 실제로 정말 바쁘니까 바쁘다고 대답하면 다들 "바쁜 게 좋지. 일이 있을 때가 좋은 거야"라고 말한다. 그런데 그 말이 듣기 좋진 않더라. 그냥 넘기고 집에 와서 되새겨보면 '이 정도 일도 없으면 굶어 죽거든요'라는 생각이 든다. 그런 말이 딱히 힘이 되지는 않는다. 동료들은 보통 "진짜 힘들겠다. 밥 잘 챙겨 먹어" 이러는데, 그런 말을 하는 건 대부분 나보다 나이가 많은 분들이다.

그 때문인지 개인 작업물은 '일상생활에서 나를 어떻게 지킬 것인가'에 대한 내용이 많은 것 같다.

굳이 책을 만들기 위해 그런 생각을 하는 게 아니라, 버스에 앉아 있으면 자연스레 떠오른다. 작업할 때도 개인적으로 그쪽이 맞더라. 현란한 그림을 쓰지 않더라도 보는 사람들에게 이야기를 건네는 작업이 나에게 어울린다고 느낀다.

그 생각을 작업으로 만드는 과정은 어떤가.

개인 책을 만들 때는 온전히 나에 대해 이야기하고, 나만 생각하려 한다. 가끔 독립 출판물 워크숍을 진행하러 가면 "나는 누군가 내 작품을 보고 욕할까 봐 겁이 난다"고 이야기하는 분들이 있다. 나는 한 번도 그런 생각을 한 적이 없다. 개인 작업에서는 내가 읽었을 때 좋아할 만한 책을 만드는 게 목적이거든. 나는 SNS를 할 때도 내 걸 다시 보는 게 제일 좋다. 먹었던 음식에 '임밥'이라는 해시태그를 붙여 올리는 것도 나중에 다시 보면서 정리할 수 있기 때문이다. 책을 만드는 것도 그런 식이다. 나름의 규칙을 가지고 내 이야기를 정리한 다음 책이라는 형태로 내는 것에 가깝다.

개인 작업은 독립 출판으로 내고 있는데, 이윤은 어느 정도인가?

크지 않다. 생활비로는 당연히 쓰지 못한다. 그래도 다른 책을 만들 수 있을 정도로 모이는 편이라 순환은 가능하다.

개인 작업과 외주를 병행하면서, 본인의 영역을 어떻게 만들어가는가.

처음 '일하는 여자들'의 섭외 메일을 받았을 때, '내가 내 영역을 만들었던가?' 고민했다. 그러면서 요즘 내가 어떻게 살고 있는지 곰곰 생각해봤더니 이런저런 활동을 했던 게 하나로 뭉쳐지고 있는 것 같았다. 주변의 흙을 계속 다지는 느낌이랄까.

조금 더 구체적으로 듣고 싶다.

삶의 방식에 관련된 에세이를 준비하고 있는데 2018년 3, 4월쯤 출간될 예정이다. 순간순간 내가 느꼈던 걸 얘기하는 책이다. 글과 그림 모두 내 손으로 만드는 작업을 하고 있다 보니, 내가 해온 것들을 가지고 주변을 다지고 있다는 생각이 들었다. 이걸 다지고 나면 끝이라고 생각하지는 않고, 나한테 더 맞는 방향을 찾아 나갈 것 같다. 어쩌면 이게 시작일지도. 이걸 해야 다음으로 넘어갈 수 있겠지.

글과 그림을 직접 쓰고 그리는 게 국내에서 흔한 작업 방식은 아닌데, 롤모델이 있나?

일본에는 그림을 그리면서 에세이도 직접 쓰는 방식으로 다양하게 작업하거나, 나이가 많이 들어서까지 꾸준히 작업하는 사람이 많다. 그런 모습들을 보며 용기를 얻고 방향을 잡게 된다. 나는 따로 그림을 배운 적이 없기 때문에 선생님이라고 생각하는 작가의 그림을 보고 내 나름대로 실험해보는데, 일부러 일본에 자주 다니는 것이 그런 배움의 시간을 갖기 위해서이기도 하다. 이번에도 백발의 할머니 작가인 다카노 후미코(《막대가 하나》, 《요 이불 베개에게》의 작가)의 전시를 보기 위해 도쿄에 다녀왔다.

'여성'에 좀 더 초점을 두고 작업물을 만들어보고 싶지는 않나?

내가 쓰는 책의 독자를 20대에서 40대 사이의 여성들로 잡고 있긴 하다. 완전히 페미니즘을 주제로 쓰는 건 아니지만, 아무래도 내가 여성이다 보니 자연스럽게 여성으로 지내면서 느낀 이야기들을 하게 된다. 사실 고민이 많다. 이야기를 만드는 여성으로서 하고 싶은 말들이 있는데, 언어로 정리하기가 너무 어렵더라. 공부가 많이 필요하다.

회사에 속해 있을 때와 지금을 비교하면 어떤가?

혼자 일하면서 그냥 사람으로서 살고 있다는 느낌을 많이 받는다. 회사에서는 내가 여자라서, 혹은 여자 디자이너이기 때문에 당하는 일들이 크든 작든 많았던 것 같다. 그래서 달라진 환경에서의 이야기들을 그려보고 싶기도 하다. 이전에는 회사 다닐 때 해소하지 못했던 것들을 풀어내려는 방편으로 작업했다면, 지금은 다루는 소재가 조금 달라질 수 있지 않을까 싶은 생각도 든다.

혹시 개인 작업을 하고 싶다거나, 독립 출판물을 제작하고 싶은 사람들에게 들려줄 말이 있을까.

독립 출판 관련 전시에서 포럼을 한 적이 있다. 마지막에 누가 격앙된 목소리로 말한 게 인상적이었는데, 서점에 가면 너무 구린 게 많다고 하더라. 본인 일기장이나 블로그에 쓸 걸 왜 인쇄물로 만들었는지 화가 난다고 하기에, "그런데… 구리면 안 되나요?"라고 말했다. 서점에

들어갔을 때 저 끝에 있는 책이 구려도 그런 게 많은 쪽이 더 재미있는 것 같지 않은가? 해외 아트페어에 가보면 구린 게 정말 많다. 이거 왜 했지? 인쇄 상태가 왜 이렇지? 싶어도 다양한 게 좋더라.

일단 해보는 게 중요하다는 얘기일까.

다들 개인적으로 뭔가를 만들 때 이런 말을 많이 한다. "이걸 해도 될까요?" 본인 스스로 물어보고 결정했다면 그걸로 된다. 그 작업물 안에 어떤 대상을 혐오하거나 언어적으로 심각한 오류가 있는 게 아니라면, 그걸 스스로 발견하고 제동을 걸 수만 있다면 괜찮지 않을까.

인터뷰 정명희
글 황효진

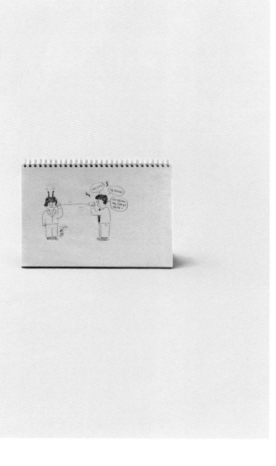

임진아의
물건

무인양품 더블링 노트 (B5 사이즈 80매)

임진아는 일상에서 영감을 얻고 그것을 그림 또는 글로 표현해낸다. 독자에게는 비교적 포근하고 소박한 인상으로 다가오는 그의 그림은, 사실 수많은 스케치 단계를 거쳐 견고하게 완성된 결과물이다. 그의 가방 속에는 언제나 연필 몇 자루와 스케치 노트가 빠지지 않는다. 무인양품 더블링 노트는 그가 벌써 일곱 권째 쓰고 있는 메인 아이템이다. 평소 문구류를 좋아해 다양한 종류의 예쁜 노트들을 사용해봤지만, 왠지 그런 노트에는 실수 없이 잘 그려야 한다는 압박감을 느끼며 페이지를 채워나간 적이 많았다고 한다. 하지만 무인양품 더블링 노트의 얇고 저렴한 재생지는 조금 망쳐도 괜찮다는 마음이 생겨 좀 더 편안하게 스케치할 수 있도록 해준다고. 또한 종이 비침이 좋아 스케치한 종이를 밑에 대고 새 종이에 만년필로 덧그릴 때 편리하다는 점까지, 그의 작업 스타일과 무척 잘 맞는다. 그의 더블링 노트를 한장 한장 넘겨 보면 한쪽 페이지에는 그림, 반대쪽 페이지에는 일본어 공부를 위한 필기나 소소한 낙서가 적혀 있는 등 곳곳에 '사람' 임진아의 흔적이 자연스레 배어 있다. 그의 그림도, 그 그림을 담아내는 노트도 모두 임진아 자신을 차곡차곡 쌓아가고 있는 듯하다.

글 정명희

양자주

양자주는 무엇에도 얽매이지 않는 작가다.
2006년 그룹전 〈엉뚱한 사색展〉으로 데뷔한
이후, 지금까지 다양한 형태의 페인팅을 꾸준히
선보이고 있다. 도시의 벽과 주택, 주택을 이루고
있는 자재 모두 그가 만드는 작품의 재료가
된다. 갤러리와 미술관으로 대표되는 '제도권'
미술계에서 멀찍이 떨어져 작업을 이어나가는
태도, 재료를 다루는 방식, 작업의 근거지까지
양자주는 누구도 롤 모델 삼지 않은 길을 묵묵히
닦아나간다. 현재는 서울과 부산을 거쳐 또 한 번
새로운 도시, 독일 베를린에서 활동을 시작했다.

약력

2016 〈Crossing Borders / Crossing Boundaries〉 그룹전(러시아)
2017 〈과거의 점점 더 깊은 층〉 그룹전(서울)
2017 〈Unexpected wall〉 개인전(부산)

"내가 나를
컨트롤하는 게 중요하다."

아티스트 양자주

도시탐험 아티스트

양자주

2017년에 주로 어떤 작업을 해왔나.

2017년 초부터 부산 남구 감만동에서 작업을 해왔다. 굉장히 오래된 동네인데, 돌아다니면서 주민들 이야기도 듣고 조사도 하면서 지도도 만들었다. 동네 여기저기서 나오는 시멘트 조각, 창틀의 파편 같은 오브젝트를 수집해 만든 최근작도 있다. '메터리얼즈(Materials)'라는 시리즈다. 하반기에는 처음으로 열리는 제주비엔날레에도 참여했다.

처음부터 개인 작업을 하지는 않은 것으로 알고 있다.

게임 관련 회사를 4년 정도 다녔다. 원화 그리는 일을 했는데, 회사 생활이 잘 안 맞았다. 틀에 짜인 일정을 소화해야 하고, 회사에서 요구하는 그림체도 있다. 그거 말고 내 그림을 마음껏 그리고 싶었다. 원하는 시간에 일어나고, 밥 먹고. 그렇게 살아야겠다는 생각이 들었다.

조직에 속해 있다가 어느 순간 갑자기 개인 작업을 시작한 건데, 무엇을 해야 할지 고민되진 않았나?

회사에 다닐 때도, 다니기 전에도 늘 혼자서 무언가를 만들었다. 다큐멘터리라든가, 뮤직비디오라든가…. 그림 그리는 건 어릴 때부터 좋아해서 계속 그렸고. 공부는 끊임없이 해왔다. 그렇다 보니 '회사를 그만둔 후에 내가 뭘 해야 할까?'라는 고민은 그다지 하지 않았다.

그럼 첫 작업은 어떻게 시작했는지 기억나나.

게임 회사에 다닐 때는 대부분 책상 위에서 디지털로 그림을 그렸다. 그런 일을 하다 보니 커다란 캔버스에 큰 그림을 그려보고 싶어지더라. 그 길로 당장 화방에 가서 캔버스와 물감을 샀다. 그게 시작이다.

회사에서는 월급이 나오지만, 작가는 고정 수입이 보장되지 않는다. 거기에 대한 불안감은 없었나.

금전에 대한 부담감은 없었다. 그렇다고 여유가 있었던 건 아니고, 회사는 일단 무작정 그만둔 거지.(웃음) 사실은 최근까지도 돈 때문에 고생을 많이 했다. 기본적인 생활을 어떻게 유지하면서 재료비를 만들 것인가에 대한 고민도 꾸준히 해야 하는 것 같다.

작품 활동을 통한 수입은 생활비에 보탬이 될 정도가 아닌가?

지금은 작품 활동만으로도 어느 정도 생활이 되는 것 같다. 내가 작가로 데뷔한 지 7, 8년 됐으니까. 2016년까지만 해도 불가능했다. 아르바이트도 하고, 다른 일도 많이 했지. 스트리트 아트 워크숍을 진행하기도 했고. 물론 워크숍은 그 자체로 재미있기도 했고, 그림으로 누군가를 가르칠 수 있다는 게 새롭게 느껴져서 참여했던 것이기도 하다.

페인팅, 스트리트 아트, 퍼포먼스 아트 등 다양한 분야의 작업을 하고 있다. 본인 안에서 범위를 제한하지 않는 걸까.
분야를 나누면 다양해 보이지만, 나에게는 전부 '페인팅'의 의미다. 페인팅에 기반을 두고 공간적으로 실험을 한다든가, 캔버스에서 실험을 한다든가, 좀 더 입체적으로 해본다든가, 즉흥적인 행위로써 페인팅을 해본다든가 하는 거다. 한 가지 표현의 연장선에 있는 작업이다.

초반에는 인물의 얼굴을 많이 그렸는데, 근래에는 설치 작업 혹은 재료 수집 후 프레임에 넣는 식의 작업을 많이 하더라.
'페이스' 시리즈로 인물의 얼굴을 그릴 때는 약간 어두운 분위기의 뭔가를 표현한 것 같다. 페인팅이라는 행위 자체에 중점을 두고 그림을 그리기도 했고. 그다음에는 물감이나 캔버스 같은 재료의 습성을 통해 어떤 식으로 에너지를 표출하는 데 중심을 뒀고. 그러다가 나중에는 점점 페인팅 자체에 더 관심을 두게 됐다.

정확하게 어떤 의미인가?

예전에는 페인팅이 나의 행위나 생각이나 감정을 표현하는 수단이었다면, 지금 설치나 조각처럼 보일 수도 있는 오브제 작업들이 나한테는 페인팅의 본질에 훨씬 가까운 작업이다. 작가의 무언가를 표현하는 수단이 아니라 페인팅 자체가 목적이 되는, 그런 작업을 하고 있다.

허물어진 공간에서 오브제를 수집한 다음 작품화하는 작업도 있다.
거기에 어떤 의미가 있다기보다는, 초반부터 거리 여기저기를 돌아다니며 벽화를 그린다든가 버려진 쓰레기를 주워서 작품화하는 작업을 계속 해왔다. 그것들이 점점 발전한 형태가 지금이다.

철거촌에 딸기 그림을 그렸던 '스트로베리 하우스' 같은 작품이 떠오른다.
원래 부산의 못골이라는 동네 벽에 지장을 계속 찍어가는 작업을 하고 있었다. 그런데 근처에 딸기가 그려진, 철거 직전의 집이 있더라. 곧 허물어질 집인데도 매우 깨끗하게 정리되어 있고 딸기가 그려져 있기에 '저 집은 뭘까?' 하는 호기심이 생겼다. 거기에 얽힌 이야기를 듣고, 이후 그것을 작업으로 옮긴 거다. 사회 비판적인 주제를 담은 작품이라고 생각할 수도 있겠지만 그 작품을 보고 뭘 얻는지는 관객의 몫이고, 나는 '이게 무엇이다'라고 단정 짓고 싶지 않다.

특별히 도시에 관심이 많은 걸까?
그런 것 같다. 나에게 가장 큰 영감을 주는 게 도시다. 도시에서 태어나 자랐고, 계속 속해 있는 곳이니까 그게 자연스럽다. 예전에도 도시 벽이나 골목을 보며 받은 영감을 캔버스에 옮기는 작업을 했다. 지금은 벽을 똑같이 재현하는 게 아니라, 그 벽 자체로 작품을 만든다. 도시에 여러 모습들이 있는데 산책하듯 걸어 다니면서 흥미로운 부분을 계속 발견해나간다. 평소에 걷는 걸 좋아하기도 하고.

잠깐 부산 이야기가 나왔는데, 주거지를 부산으로 옮긴 적도 있지 않은가?
맞다. 서울에 쭉 있다가 2015년에 주거지를 부산으로 옮겼다. 대도시지만 서울과는 분위기가 굉장히 다른 곳이다. 일단 계속 바다를 볼 수 있다는 게 나한테는 큰 의미다. 여기에 더해, 서울보다는 오래되고 자연적으로 형성된 마을이 아직은 많이 남아 있는 것 같기도 하다.

이주한 계기가 뭔가.
현실적으로 서울 집값이 너무 비쌌다. 작업을 하려면 작업실이 필요하다. 특히 나는 작업 스케일이 크다 보니 넓은 공간이 필요한데 서울에서는 그런 곳을 구하기가 불가능했다. '안 되겠다, 서울을 떠나자'라고 마음먹고 보니 그나마 인연이 좀 있는 곳이 부산이었다. 5, 6년 전쯤 레지던스 프로그램을 부산에서 했는데 그때 기억이 무척 좋았거든. 서울보다 따뜻하고 쾌적한 날이 많아서 마음에 들었다.

불편한 점은 없나?

훨씬 좋아졌다. 조금 더 활동적으로 바뀌었고, 그러다 보니 작업량도 자연스럽게 늘어났다. 오래 살았던 서울보다는 나한테 낯선 도시이지 않은가. 그런 만큼 계속해서 호기심 가는 것들이 더 많이 생긴다. 장소를 계속 바꿔주는 게 나한테는 중요하다.

어떤 인프라든 서울에 집중된 편인데, 그 점에서 미술계와 커뮤니케이션을 하기에 어려운 점은 없을까?

부산에 내려간다고 할 때 제일 많이 들은 말이 '제도권이랑 멀어지는데 어떡하려고 그러느냐'였다. 왜 지역에 얽매여야 하는지 이해가 되지 않았다. 사실 나는 그다지 제도권 미술계에 속한 작가가 아니다. 그래서 베이스가 서울이든 부산이든 상관없다. 혹시 서울에서 일이 생기면 왔다 갔다 할 수 있는 거고. 불편한 건 못 느끼겠다. 환경도 좋고, 공간도 저렴하고. 개인적으로는 젊은 사람들이 서울을 많이 떠났으면 하는 바람이다. 부동산 가격이 싸다는 게 의외로 정말 많은 자유를 준다. 같은 돈으로 구할 수 있는 작업실 크기부터 달라지니까. 무언가에 도전해볼 수 있는 가능성도 오히려 더 높아지는 것 같다.

공간을 단순히 작품으로 다루는 게 아니라, 공간 안에서 생활하며 작업하는 게 중요한 것 같다.

오브젝트에 관심을 갖고 작업을 하다가도, 오래 머물다 보면 자연스레 그 마을 이야기가 들어온다. 사람들을 만나고, 하다못해 할머니들과 인사라도 하게 되니까. 돌이켜보면 적기에 서울을 떠난 것 같다.

어떤 점에서 그렇게 생각하나.

초반에는 서울에서 왕성하게 활동했다. 그래야 알려지니까 필요한 일이기도 했지. 어느 순간 필요 없다고 느껴지더라. 서울에서는 이런저런 일들에 휘말리게 되지만, 부산에서는 내가 원하는 대로 움직일 수 있었다. 내가 나를 컨트롤하는 게 중요하다.

앞서 본인은 '제도권' 미술계에 속한 사람이 아니라고 말했다.

그렇다. 권력 관계에서 벗어나려고 하는 마음이 크다. 처음에는 나도 '제도권' 안에 들어가려고 했다. 유명 갤러리에서 전시를 하려면 당연히 들어가야 한다고 생각했거든. 노력도 많이 했는데, 오히려 내가 직장생활을 할 때보다 더 존중받지 못하는 현실을 보며 경악했다. 그때부터 거리를 뒀다. 다른 아티스트들과도 교류를 거의 하지 않는다.

그래도 작품에 대한 조언을 해줄 동료는 필요하지 않을까?

남편이 나의 동료이자 관객이자 스승이자 후원자 역할을 다 해주고 있다. 사운드 아티스트로 작업을 하고 있는데, 나와는 정반대의 사람이라서 내 작업에 대해서도 날카롭게 비평해준다. 거기서 많은 도움을 얻는 편이고, 나 역시 그에게 조언을 해주기도 한다. 둘이 협업도 종종 한다. 2013년에는 전시도 함께했고, 퍼포먼스의 경우에는 남편이 음악으로, 내가 페인팅으로 참여한 적도 있다. 근본적으로 각자의 영역이 워낙 확실하기 때문에 따로 열심히 작업하다가 아이디어가 떠오르면 또 함께 해보는, 그런 방식의 협업이 가능하다고 본다.

예술계에서 여성임을 자각하는 순간도 있나?

작가가 생각보다 그렇게 자유롭지 않다. 그 위에 갤러리 대표라든가 컬렉터들이 있어서 굉장히 눈치를 많이 본다. 처음에는 이해가 가지 않더라. 예술계 내 성폭력에 관한 문제 제기가 계속 터져나오는 때도 있었는데, 예술계 내에서는 거기에 대한 개념이 더 없다. 폐쇄적이기 때문에 미술계 바깥 사람들은 잘 모르기도 하고. 그 안에서 무슨 일이 일어나더라도 밖으로 잘 새어나가지 않고, 피라미드 구조가 굉장히 강하다. 특히 어리고 여성인 아티스트들은 착취당할 수밖에 없다.

사례가 있을까?

엄청 많지. 술자리라든가 전시 뒤풀이에서 나이 많은 작가나 갤러리 관계자들이 젊은 여성 큐레이터나 작가를 성추행하는데 본인들은 그게 추행인지도 모른다. 대놓고 잠자리를 요구하거나 작품을 팔았는데도 돈을 주지 않을 때도 있다. 여성 '아티스트'라서 겪는 일에 더해, '여성'이기에 당하는 일도 많다. 그건 한국 사회의 전반적인 문제니까. 여성이 서른 살만 넘어가도 비하의 뜻을 담아 '아줌마'라고 부르거나, 나이가 많다고 공격하거나… 여성에 대한 인식이 낮다고 느낀다.

작가로서 이름을 알리려면 미술관이나 갤러리에 발탁되어야 한다는 의식이 여전히 있다.

나는 좀 다르게 생각한다. 이른바 말하는 '제도권' 밖에서 활동하는 아티스트들이 오히려 더 많을 거다. 대부분은 누군가의 눈에 띄어야 한다고 말하는데, 내가 내 작업에 정말 확신이 있고 내 영역을 구축해나간다면 나중에는 내가 선택할 수 있는 순간이 온다. 능동적으로 일할 수 있는 때가 온다고나 할까. 어떤 미술관, 어떤 갤러리랑 일하고 어떤 작품을 팔고. 이건 나중 문제다. 내가 주체가 되어 갤러리나 미술관과 일하는 것과 그쪽이 주체가 되어 나를 선택하는 건 아예 다르다.

그럼 어떤 방법이 있을까?

제일 중요한 건 내가 얼마나 제대로 작업하고 있는가, 그래서 얼마나 좋은 작품을 만들고 있는가다. 그 작업을 알리는 건 꼭 기존의 미술계를 통하지 않더라도 요즘 같은 인터넷 시대에 굉장히 다양한 방법이 있다. 인스타그램만 열심히 해도 얼마든지 내 그림을 세상에 선보일 수 있고. 굳이 기존 시스템에 목매지 않았으면 한다. 남들이 닦아놓은 일률적인 길을 가는 게 예술이 아니지 않은가. 예술을 하고 싶다면, 작품을 만드는 것뿐만 아니라 본인의 길을 닦아가는 것도 중요하다.

누구든 그렇게 할 수 있는 걸까?

물론 이렇게 사는 게 누구에게나 다 맞는 건 아닐 거다. 본인이 어떤 삶을 사는 게 더 맞는지 빨리 캐치하는 게 좋다. 다른 사람들에게도 항상 얘기한다. 뭘 하고 싶은지, 어떻게 살고 싶은지 생각해보라고.

그러려면 자신을 돌보는 일도 무엇보다 중요하겠다.

그래서 나는 굉장히 규칙적인 생활을 한다. 규칙이 없어 보일 수도 있는데(웃음) 나름대로는 규칙이 있다. 하루 몇 페이지씩 책을 읽는다든가, 산책은 몇 분씩 하고 운동은 어느 정도 한다든가. 그렇지 않으면 기초체력이나 여러 가지 부분에서 유지가 되지 않기 때문에 루틴을 지키려고 노력한다. 그리고 사람을 많이 만나지 않는다. 나한테는 에너지 소모가 가장 큰 일이다.

특히 창작자는 타인에게 에너지를 주는 존재이기도 하니까.

맞다. 예전에는 이것저것 가리지 않고 많이 하고, 뭐가 들어오면 전시도 막 했는데 지금은 좀 많이 따지는 편이다. 다른 것보다 내 에너지를 쓰는 데 가치가 있는지 없는지 생각하게 된다.

본인에게는 관대한 편인가?(웃음)

엄청 관대하다. 마감도 엄청 게으르게 한다. 사실 대부분은 작업하지 않고 논다. 마감이 있는 삶은 정말… 최악인 것 같다.(웃음) 나는 창작을 하려면 잉여에서 나오는 에너지가 굉장히 중요하다고 생각한다. 그런 잉여 시간이 필요하다고 느끼기 때문에 되도록 많이 가지려 하고, 에너지를 쓸데없는 데 뺏기지 않으려고 노력한다.

2017년 9월에는 독일 베를린으로 이주했는데, 현지 생활은 어떤가?

독일에서 계속 전시를 해왔기 때문에 내 프로젝트를 아는 사람들도 꽤 있고, 여기저기서 살아보는 것도 필요한 일 같아서 오게 됐다. 아직 이주한 지 얼마 되지 않아 집이나 보험, 비자 같은 행정적인 문제를 처리하느라 이곳 생활이나 미술계에 대해 자세히 논할 수는 없는 상황이다. 그래도 예술에 열려 있는 베를린 특유의 분위기, 관객들의 다양한 취향과 높은 수준만큼 크고 작은 전시회와 파티, 공연들은 중간중간 기쁘게 즐기고 있다. 아마 이 인터뷰가 공개될 때쯤이면 또 시간이 지나서 내 상황도 변해 있을 거다. 하지만 새로운 곳에서의 생활이 시작된 지 얼마 안 된 만큼, 지금 당장은 그날그날 생활을 충실히 해나가면서 삶의 리듬을 잡는 일에 주력 중이다.

지역을 자유롭게 오가며 작업하는 게 좋아 보인다.

옮겨 다니면서 사는 게 나한테 맞는 것 같다. 언제나 조금 더 새로운 자극을 받을 수 있는 곳으로 가고 싶다.

인터뷰 정명희
글 황효진

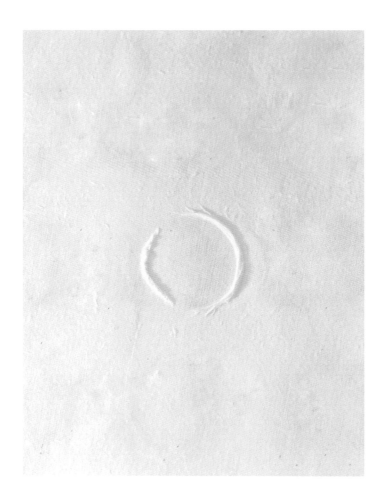

양자주의
물건

그는 개인적인 의미를 지닌,
특별한 물건을 꼽지 않았다.

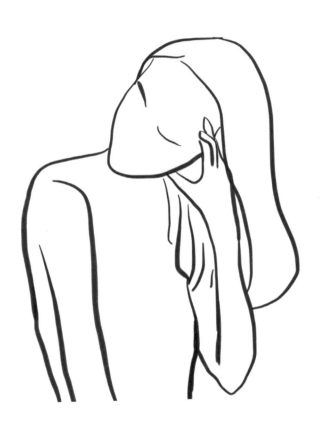

최지은

작가

2015년 옹달샘의 여성 비하 발언 이후, 최지은
작가는 누구보다 적극적으로 드라마와 예능,
아이돌 등의 엔터테인먼트를 페미니즘적 관점에서
비평해왔다. 〈매거진t〉와 〈텐아시아〉, 〈ize〉를
거치며 기자로 일했던 약 10년 동안 스스로 많은
것이 달라졌다고 말하는 그는, 2017년 9월 저서
《괜찮지 않습니다》를 통해 한국 사회의 여성
혐오와 그 안에서 여성들이 느끼고 생각하는
것들에 관해 목소리를 높였다. 지금도 최지은
작가는 어떻게 여성의 이야기를 꾸준히 이어나갈
수 있을지 고민 중이다.

약
력

2005   이화여자대학교 졸업
2006 – 2017   〈매거진t〉, 〈텐아시아〉, 〈ize〉 취재기자
2017   저서《괜찮지 않습니다》출간

"내가 먼저 했던 고민을
알려주고 싶다."

최지은

어제를 버리고 내일로

방송작가로 사회생활을 시작했다.

2004년, 대학교 4학년 2학기 때부터 일을 했다. 막내 작가는 계약서가 따로 없다. PD가 면접을 보고 "다음 주부터 나오세요" 하면 나간다. 1년 4개월 정도 일했는데 MBC 〈이제는 말할 수 있다〉 팀을 거쳐 〈W〉에 있다가 새로 오신 팀장님이 하루아침에 막내 몇 명을 자르는 바람에 경제 프로그램으로 넘어갔다.

근무 환경이 어땠나?

당시 일하던 방송국 교양 프로그램 작가의 90퍼센트 이상이 여성이었다. 대개 작가는 PD에 비해 어리고, 법적으로 보장된 지위도 없다. 반면 PD는 다수가 남자다. 거기서 비롯되는 권력 차이가 이상할 만큼 심했다.

예를 들면?

일을 시작하고 얼마 지나지 않아서 40대 남성 PD들과 나를 비롯한 20대 중후반 여성 작가들이 같이 회식을 하고 노래방에 간 적이 있다. 나는 여대를 나왔기 때문에 나이 많은 남자들과 술을 마시고 노래방에 가는 상황 자체가 너무 낯설었다. 늦는다고 집에 전화하러 잠깐 밖에 나왔는데, 기분이 이상하고 서러웠다. 왜 내가 저 아저씨들하고 노래방에서 놀아야 하지? 희롱이나 추행을 당한 건 아니었지만 충격이 상당했다.

그런 환경에서 일하게 된다는 걸 아무도 알려주지 않았던 건가?

그렇다. 학교를 졸업하고 일을 시작하면 남자들이랑 술 마시고 노래방에 가야 한다고 아무도 알려주지 않았는데, 앞으로도 자연스럽게 해야 하는 일인 건가? 그런 생각이 들었다.

일에 관한 조언을 들은 적은 없었나?

선배 작가들, 특히 유명한 남자 라디오 작가나 PD들이 해준 얘기는 여자 작가는 술을 잘 마셔야 한다, 잘 놀아야 한다, 이혼이랑 도둑질 빼고 다 해봐라 같은 거였다. 이들이 여자 작가에게 요구하는 것은 험한 경험인 거다. 그런 쓸데없는 이야기들을 우리에게 '이게 업계야'라는 식으로 말했다.

버티는 것 자체가 힘들었겠다.

주위 여성 작가들이 모두 너무 힘들어 보였고, 노동 강도가 엄청나게 높은 데 비해 존중은 고사하고 충분한 대가를 받지 못한다는 생각이 들었다. 건강을 크게 해친 선배도 있었다. 내 또래 작가들 상당수가 성희롱이나 성추행을 당해서 고민했지만 해결책이 없었다. 나 역시 당시 있던 팀의 부장이 내 손을 잡는다거나, 담배를 피울 때 옆에 앉혀놓고 자기가 젊은 여자 작가랑 데이트를 했었다며 자랑하기도 했고. 그런 걸 듣는 게 너무 싫었다.

그때쯤 〈매거진t〉에 합류했나?
방송작가를 그만두고 대책 없이 백수로 지냈다. 대학교 졸업 평점이 2.0대였는데 성적증명서를 떼어 보니 우리 과에서 꼴찌더라. 좀 놀랐다. 토익 점수도 정말 낮아서 대기업에는 원서를 넣기 어려운 상황이었다. 혹시 지방 거점 대기업 계열사에 방송작가 경력을 쓸 수 있을까하다가 자기소개서 페이지를 보고 포기했다.

어떻게 생각하면 처음 취직할 때보다 힘든 시기였겠다.
정말로 세상에서 내가 할 수 있는 일이 아무것도 없다고 생각하던 시기였다. 그때 〈씨네21〉을 열심히 본 건, 나는 꿈도 없고 할 줄 아는 것도 없는데 영화와 관련된 사람들은 다 꿈이 있어 보였기 때문이었다. 어떤 영화를 만들고 싶고, 사람이 모이고, 그게 부러웠다. 잡지를 처음부터 끝까지 샅샅이 보다가 〈매거진t〉의 구인광고를 발견했다.

원래 관심사도 엔터테인먼트 쪽이었나.

연예인에 굉장히 관심이 많았다. 미국 드라마도 한국에서 한창 인기 있던 때라 열심히 보고 있었기 때문에 내가 이런 이야기를 할 수 있을까 싶어 원서를 넣었다. 그런데 면접에서는 떨어졌고, 그 후에 당시 편집장이었던 백은하 선배에게 메일을 보냈다. 나에 대해 아쉬운 부분이 있으면 얘기해달라, 나중에 언젠가는 일을 같이하고 싶다고. 그 메일을 계기로 객원기자로 일하다가 창간 직전에 정식으로 합류했다.

당시 〈매거진t〉의 성비는 어땠나?

백은하 편집장과 강명석 편집위원(현 〈ize〉 편집장), 그리고 사진기자와 취재기자가 남녀 각각 한 명씩 있던 자리에 내가 추가된 거였다.

일하는 방식이나 환경도 방송작가 때와는 아주 달랐을까.

방송작가로 일할 때는 메인 작가가 프리랜서라 자주 만날 수도 없었고, 누가 일에 대해 뭘 알려주는 경우도 거의 없었다. 구체적으로 취재원에게 어떻게 전화를 해서 나를 뭐라고 소개하고 섭외하는지, 기획안은 어떻게 쓰는지를 아무도 가르쳐주지 않았다.

〈매거진t〉에서는?

백은하 편집장님이 기자로 훈련받은 사람이라 기본적인 것들을 많이 가르쳐주었다. 나를 소개하는 방법, 취재원들의 연락처, 설득하는 방법, 글 쓸 때 조심해야 하는 부분들을 자세하게 많이 배웠다. 당시 나는 내가 아무것도 모르는 상태로 일을 시작했다는 걸 알았기 때문에 정말 열심히 매달렸다. 지금 생각해보면 선배들이 굉장히 귀찮았을 것 같다.(웃음) 밤늦게 전화해서 "내일 인터뷰를 해야 하는데 도대체 뭘 어떻게 하는 거죠?" 묻고. 그런데 이분들이 그걸 귀찮아하지 않고 다 친절하고 상세하게 알려줬다.

아무래도 매체 창간 초기에 합류했기 때문에 업무 강도는 만만치 않았을 것 같다. 밤샘을 한다든가.

방송국에서도 밤은 많이 새웠다. 그때는 내가 뭔가를 하고 있으면서 밤을 새운다기보다, 그냥 자리를 지키고 있다는 느낌이었다. 물론 〈매거진t〉 초기에도 일이 많았다. 너무 바빠서 한겨레 사옥에 있는 골방 같은 데서 잠깐 자고 씻는 날도 있었고. 하지만 그때는 일을 할 수 있고, 좋은 동료들이 있고, 무엇보다 이 일이 재밌었기 때문에 엄청 힘들지만 그만두고 싶은 마음은 없었다.

일의 어떤 점이 재미있었나?

초반에는 연예인들 인터뷰를 좋아했다. 예쁘고 잘생긴 사람들을 만나서 궁금했던 걸 물어볼 수 있고 이 사람들의 매력을 내 표현으로 전달한다는 것, 그리고 그것이 읽는 사람들에게 전해지는 게 좋았다. 그러고 나서는 작가들이나 감독들을 인터뷰하는 게 즐거웠다. 좋은 작품을 만드는 창작자들이 어떤 고민을 하고 결과물을 내놓은 다음 무슨 생각을 하는지 듣는 일 자체를 좋아했다.

코믹한 기사를 많이 쓰기도 했는데.

원래 시트콤 작가를 하고 싶었다. 사람들을 웃기는 게 좋은데 그걸 말보다 글로 하고 싶었거든. 〈매거진t〉는 기사 형태에 제한이 별로 없는 편이었다. 내가 재미있다고 생각하는 것들, 온라인에서 통하는 유머코드 등을 기사로 가져와 가지고 놀면서 뭔가를 쓸 수 있다는 게 재미있었다. 다른 어떤 반응보다 사람들이 '이 기사 웃기다'라고 말하는 게 기뻤다.

당시에는 재밌다고 썼는데 지금 돌이켜보면 후회되는 기사들도 있나?

지우고 싶은 게 너무 많다. 포털 사이트를 폭파하고 싶다.(웃음)

가장 지우고 싶은 기사는 뭔가?

가장 강렬한 기억이라 외부 강연을 할 때도 사례로 꼭 얘기하는 게 있다. KBS 〈아이리스〉가 방송되던 때, tvN 〈롤러코스터〉 '남녀탐구생활'의 콘셉트를 차용한 기사를 썼다. 같은 장면을 볼 때 남자와 여자가 어떻게 반응하는가에 대한 글이었다. 실제로 내가 그렇게 생각하지 않으면서도 여성 시청자라면 그렇게 생각할 거라는 지점을 포인트로 잡아서 쓴 거다.

구체적으로 어떤 내용이었나?

군것질하면서 다이어트 걱정을 한다든가, 내용과 상관없이 잘생긴 남자 배우가 나오기만 기다린다거나, 김태희 얼굴을 보고 내 얼굴을 보면서 절망한다거나… 이런 걸 기사의 유머 코드로 사용했다. 심지어 이 기사는 네이버 메인에 걸렸고 반응도 좋았다. 지금 생각해보면 그 자체가 잘 못된 기획이었다. 내가 그런 걸 생산하고 있었다는 게 부끄러운 일이다.

그런 기획들이 잘못됐다는 걸 언제쯤 분명하게 깨달았나?

2015년 초, 옹달샘 팟캐스트 사건부터였던 것 같다. 그들의 팟캐스트에서 어떤 내용이 나오는지는 모르고 있었는데 MBC 〈무한도전〉 '식스맨 프로젝트'가 진행되면서 과거의 방송분들이 발굴되기 시작했다. 사실 그 일이 터지기 직전까지만 해도 옹달샘이 올드 미디어와 뉴 미디어에서 골고루 활약한다는 생각이 들어서, 그들이 추구하는 재미에 관해 쓰고 싶다는 아이템을 〈ize〉 기획회의에 냈다.

주말 사이에 급하게 기획을 완전히 수정했던 기억이 난다.

'여성 혐오 엔터테인먼트'라는 정반대의 주제로 기사를 쓰게 된 거지. 옹달샘이 팟캐스트에서 한 여성 비하 발언에 대해 여성들은 엄청난 충격을 받았는데, 남성들의 반응은 너무나 달랐다.

가령 코미디를 왜 검열하냐는 식의….

'코미디를 하는 사람들인데 이 정도의 말도 못 하게 하느냐? 여성이나 부모에 관한 개그까지 왜 검열하려고 하느냐?' 이런 말들이 생각보다 많이 나오는 걸 보면서 도대체 이걸 어떻게 이해하고 받아들여야 할지 고민을 많이 했다. 동시에 나는 왜 이 부분에 대해서 그동안 생각해보지 못했을까 하는 고민도 했고.

〈ize〉라는 매체에도, 기자 개인에게도 분기점이 된 셈이다.
맞다. 옹달샘은 하나의 극단적인 사례일 뿐이지, TV나 광고, 웹툰 등 흔히 접하는 대중문화 영역에서 여성 혐오적 사례가 얼마나 심각하고 많은지를 선명하게 보게 됐다.

그 이후로 페미니즘에 관한 기사를 중점적으로 썼다.
어느 순간부터는 페미니즘을 가장 중심에 놓고 사고하다 보니 확실히 다른 영역이나 이슈에 관심이 덜 가긴 했다. 페미니즘과 무관한 소재가 떠오르지 않는다는 게 딜레마였다. 다른 얘기를 하려 해도 하고 싶은 얘기가 안 생기니까. 양육이라는 노동이 왜 엄마에게만 편중되어 있는가, 여성들이 어떤 보이지 않는 감정노동을 하는가에 관해 썼던 건 그런 이유 때문이기도 했다.

여성 혐오 혹은 페미니즘에 관해 동어반복하길 경계했다는 걸까?
2년 정도 페미니즘에 집중한 기사를 쓰다 보니 가장 힘든 게, 방송은 크게 변하지 않고 2년 전 혹은 10년 전에 한 여성 혐오를 반복하고 있더라. 우리는 그걸 아무렇지 않게 볼 수가 없으니까 문제점을 지적하는데, 방송 자체가 워낙 변하지 않으니까 같은 비판을 반복한다는 생각이 들었다. 내가 좀 더 공부하고 사고를 정교하게 하지 않으면 크게 새로울 것 없는 이야기를 사이다처럼만 하게 되겠구나 싶더라. 어느 순간부터는 '사이다'라는 반응이 무서워졌다.

매체에서 지면에 글을 쓰는 여성으로서 더 적극적으로 여성의 이야기를 다뤄야 한다는 책임감도 있을 텐데.

어느 정도는. 특히 양육에 대해 실제로 아이를 키우는 엄마들에게서 이야기를 듣기 시작했는데, 그냥 툭 건드리면 쏟아져 나온다. 누군가 그들에게 묻지 않았기 때문에 굳이 말하지 않았을 뿐, 이들은 하고 싶은 이야기가 많고 훨씬 더 활발하게 이야기되어야 할 주제라고 느꼈다.

그때 쓴 글들을 모아 2017년 9월 《괜찮지 않습니다》를 펴냈다.

〈ize〉를 퇴사한 이후에 벌어진 여성 혐오 사건들도 정리해 덧붙였다. 가령 남성 유튜버 신태일이 여성 유튜버인 갓건배를 살해하겠다고 라이브 방송을 한 것이나, 몰래카메라 불법 촬영, 성 평등 교육을 한 페미니스트 교사에게 학부모들이 항의했던 사건들 같은 것. 관련 자료를 수집하자면 끝이 없어서 일정 부분만 언급할 수밖에 없었는데, 한국의 어느 분야에나 존재하는 여성 혐오에 관해 도대체 내가 어디까지 다루고 어디까지 이야기할 수 있는가, 어느 정도까지 내가 판단해서 글로 쓸 수 있는지 막막하게 느껴질 때가 많았다.

어떻게 해결했나.

일단 할 수 있는 한은 다 담으려고 했다. 그런데도 정말 힘들었던 것 중 하나는, 내가 지금 하려는 이야기가 한국에서 살며 대중문화 콘텐츠를 접하는 여성이라면 누구나 할 수 있는 이야기라는 부분이었다. '내가 이걸 책으로까지 내도 될까, 내가 뭔데 이런 얘기를 하고 있나?' 하는 생각이 들 때가 많았다. 그럼에도 어쨌건 시작했고, 대단하거나 새로운 이야기가 아니더라도 누군가는 같은 생각을 하고 있다는 걸 다른 사람들에게 전하고 싶었다.

독자들의 반응에서 힘을 얻기도 했겠다.

북토크를 하며 학생들을 많이 만났는데 여학생들은 기본적으로 공감을 많이 했다. 본인이 했던 고민이 책으로 나와 있는 걸 보니까 반갑고 좋았다고 하더라. "그러면 남자들은 무엇을 해야 할까요?"라고 질문하는 남학생들도 많았는데, 그럴 때는 "주위 여성들의 말을 최대한 많이 들어주면 좋겠다"라고 말해주었다. 그동안 우리가 같은 사회 안에서 살고 있다고 생각했겠지만 다른 세상에 사는 거나 마찬가지다. 여성들이 어떤 경험을 하면서 살고 있는지, 왜 이렇게 얘기하는지 일단 많이 들어주고, 그다음에 이 사람들과 대화를 나눴으면 한다고.

《괜찮지 않습니다》 북토크에는 일하면서 처음으로 가족을 초대했다.

사실 평소에는 가족들에게 내가 무슨 생각을 하고, 뭘 하는지 깊이 말하지 않았다. 그런데 이번에는 생각이 바뀌었다. 페미니스트인 '나'라는 여성을 여기까지 만들어온 다른 여성 중 가장 큰 역할을 한 사람이 엄마다. 그럼에도 내가 무슨 얘기를 하는지 엄마가 몰라도 된다고 판단했던 것이 오만이었다는 생각이 들더라. 엄마뿐만 아니라 나와 조금 다른 삶을 사는 여성들, 다른 사고를 하는 여성들에게 다가갈 때도 해야 하는 고민이었던 것 같다. 시어머님께도 《괜찮지 않습니다》를 드렸는데 "이건 굉장히 좋은 제목인 것 같다"고 하셨다. 우리 때는 여자들이 살면서 괜찮지 않다고 느끼는 일이 있어도 말하지 못하고 넘어갈 때가 많았는데, 요즘 여성들은 괜찮지 않으면 아니라고 말하는 법을 많이 알게 된 것 같아서 좋다고. 그게 기억에 남는다.

앞으로는 무엇을 더 할 계획인가?

결혼한 여성들, 결혼하지 않기로 한 여성들, 결혼했다가 그 생활을 끝낸 여성들에 대한 이야기를 쓰고 싶다. 내가 30대 후반인데 결혼해서 아이를 키우는 친구들, 결혼했지만 아이는 없는 친구들, 결혼하지 않은 친구들이 골고루 있다. 한국에서 결혼이란 남성보다 여성의 삶에 너무 큰 영향을 끼친다. 주변에서 종종 페미니즘을 일찍 알았더라면 결혼하지 않았을 거라거나, 독립을 해야 했던 시기에 결혼한 게 잘못이었다거나, 결혼을 하지 않거나 아이를 낳지 않는 선택지가 존재하는지 몰랐다는 말들을 듣는다. 내 또래 여성들이 결혼과 관련해 무엇을 고민하며 살고 있는지, 자신이 부딪히는 갈등을 어떻게 해결하려고 하는지 등을 듣고 싶다.

다음 세대의 여성들에게 하고 싶은 말도 있겠다.

나는 여러모로 운이 좋은 편이었고, 지금 나보다 어린 여성들이 처한 상황이 나와 다르다는 걸 아니까 말하기가 어렵다. 다만 무엇을 선택할 때, 내가 먼저 했던 고민이 어떤 것이었는지 알려주고 싶다. '일이든 결혼이든 결정하기 전에는 이런 걸 생각해보면 좋겠다', '그 선택으로 인해 내가 잃는 것은 무엇일 수도 있다' 하는 부분들. 그걸 공유할 수 있다면 어떠한 시행착오든 줄지 않을까.

인터뷰·글 황효진

최지은의
물건

일본 여행에서 구매한 포터 백팩

유난히 무더웠던 2017년 여름, 최지은은 매일 집 근처 카페를 오가며 페미니즘 책《괜찮지 않습니다》를 썼다. 오랫동안 해온 기자 일을 그만둔 후였다. 회사에 계속 다닐 거라는 판단으로 몇 년 전 구매한 15인치 노트북은 밖에서 작업하는 일이 많은 프리랜서가 들고 다니기에 무겁고, 또 번거롭기까지 했다. 다행히 그에게는 10년도 훨씬 더 전, 일본 여행에서 구매한 포터 백팩이 있었다. "세상에서 가장 후줄근한 차림을 하고 이 백팩에 노트북을 넣어 메고 다녔어요. 그 대신 노트북 배터리는 일부러 챙겨 가지 않았어요. '매일 배터리가 다 될 때까지만 집중해서 글을 쓰자' 그런 각오였죠." 가만히 있어도 땀이 줄줄 흘러내리는 무더위에 백팩까지 메자 등은 늘 땀으로 흠뻑 젖었지만, 이 포터 백팩이 없었다면 그의 첫 책은 지금보다 훨씬 더 늦게 세상에 나왔을지도 모른다.《괜찮지 않습니다》는 최지은 작가가 혼자 쓴 책이지만, 한국 사회 곳곳에서 벌어지는 여성 혐오에 대한 많은 여성의 목소리를 대표하는 책이기도 하다. 앞으로도 최지은은 다른 여성들의 이야기를 더 많이 듣고, 더 많이 기록해보려고 한다. 지난여름 그랬던 것처럼 겨울에도, 봄에도, 그다음 여름에도, 이 백팩이 있다면 아마 어렵지 않을 거다.

글 황효진

손기은

모두가 음식과 술을 이야기하고, 모두가 음식과
술을 잘 안다고 생각한다. 가장 대중적이지만,
그래서 가장 어렵기도 한 분야. 손기은 에디터는
매거진 〈GQ〉에 입사한 이후 10년 동안 쉬지
않고 푸드·드링크 파트를 맡고 있다. 음식과
술을 다루는 그의 기사는 기획부터 화보, 글까지
걸러보고 싶은 부분 없이 맛있게 풍성하다.

약
력

2007 〈GQ〉 입사
2016 – 2017   〈조선비즈〉 '손기은의 바(Bar)람 불어 좋은 날' 연재
2017 〈GQ〉 피처 디렉터

"독보적인
구성원들 사이에서
혼자 별로인
사람이고 싶지 않다."

손기은
GQ 에디터

10년째 신선한

손기은

○

푸드·드링크 분야에서 상당히 인정을 받고 있다.

내가 느끼는 것과 외부에서 보는 게 다르다. 스스로는 나를 '노바디 (nobody)'라고 생각하는데, 외부에서는 그래도 의미가 있다고 말해주 니까. 잡지를 만들고 콘텐츠를 생산하는 사람들은 거의 푸드·드링크 에 관심이 있다. 나는 그 일을 해온 기간이 길었을 뿐이다. 10년 동안 한 분야를 지켜보면 그 경력만으로 파악되는 부분이 있다.

원래 피처 에디터가 되고 싶었나?

언론사 시험을 준비하다가 다 떨어졌다.(웃음) 언론사 공채 기간이 끝 나고 나니 잡지사 공채가 시작되더라. 그렇게 두산 매거진에 합격해 〈GQ〉로 배정받았다. 신입 때부터 푸드·드링크 분야를 맡았는데, 단지 당시 T.O가 있었기 때문이다. 술을 원래 좋아했으니까 행운이었지.

그래도 기초 지식이 필요한 분야 아닌가?

입사 면접을 볼 때, 편집장님이 "너는 청담동 미식 문화에 얼마나 익숙하냐"라고 물어보셨다. "그런 데서 식사해본 적이 없다. 나는 광장시장이 더 익숙하다"라고 대답했던 기억이 난다. 편집장이 그 질문을 한 건 고급 음식 문화에만 포커스를 두라는 게 아니었던 거다. 내가 익숙한 광장시장 같은 곳에서도 재미있는 콘텐츠를 찾아보라는 의미였던 거지. 그래서 내가 익숙한 분야부터 재미있게, 모르는 부분은 공부해가면서 일을 시작했다.

취재와 공부는 어떤 식으로 하나.

여러 방면으로 관련 내용을 찾는다. 논문이나 해외 기사를 검색하고, 대학교 교수님들께 전화할 때도 있다. 강원도의 겨울 생선에 관한 기사를 쓸 때는 해당 분야 정부 기관에 취재 요청을 하기도 했다. 각각 분야에 맞는 전문가 집단을 빨리 찾아내는 게 그달의 관건이다.

충실한 내용만큼 기획의 기조도 중요할 것 같은데.

〈GQ〉 피처 기사를 아우르는 모토가 있다면 '한국 신사'라고 축약할 수 있겠다. 푸드·드링크에서도 그 골조를 따라서 흥미로운 기사를 만들려고 노력한다. 예를 들어 기획에서도 하나의 트위스트를 넣는다.

구체적으로 설명한다면?

〈GQ〉 2017년 4월호에 실린 1차와 2차로 가면 좋을 식당을 묶은 기사도 단순히 여러 음식점을 소개한 게 아니라 하나의 기획을 더 추가한 거다. 채소 관련 기사를 쓸 때도 '제철 채소 음식'처럼 다루기보다는 농부나 시장 할머님의 코멘트를 함께 싣는다든가. 일차적인 생각에 플러스알파를 하는 거다.

임팩트 있는 이미지를 만들어내는 일도 만만치 않겠다. 예술 작품이 아니라 잡지 화보라는 점에서 제약이 있지는 않나?

한 달 안에 정해진 예산 안에서 만드는 잡지 사진이다 보니 너무 무리한 아이디어는 쳐낸다. 내 욕심이 회사에서 쓸 수 있는 예산을 넘어서는 경우에는 일단 자비를 막 쓰기도 하고. 식재료 기사를 쓸 때는 집 냉장고에 더는 공간이 없을 정도로 음식을 살 때도 있다.(웃음)

그런 반면 푸드·드링크 전문 에디터로서 지양하는 기사도 있을까?

음식의 효능에 관한 기사는 쓰지 않으려고 한다. 보통 음식 기사를 쓸 때, 특히 잘 모르는 식재료나 요리에 대해 공부한 뒤 정보를 전달할 경우 효능을 다루면 빠르고 편하게 끝낼 수 있긴 하다. 하지만 의식적으로 그 쉬운 길을 가지 않으려고 노력한다.

가능한 한 사용하고 싶지 않은 표현도 있나.

한때 작업주라는 말이 유행했다. 술을 홍보하러 오는 분들도 이건 부드럽고, 어쩌고 하면서 "남자 친구에게 여자 친구와 마시기 좋은 술, 작업하기 좋은 술로 추천하시면 어때요?" 이런 말을 많이 했다. 이 표현은 처음 일을 시작했을 때부터 싫었고, 그때부터 지금까지 한 번도 쓴 적이 없다. 칵테일도 "색이 예쁘면 여자 손님들이 좋아한다"라고 얘기하는 분들이 있는데 그런 식으로는 소개하지 않으려고 한다.

도대체 그런 편견은 어디서 나오는 걸까?

통계적으로 여자들이 정말 도수가 낮고 색깔이 예쁘고 단 술을 좋아할까? 궁금했다. 그래서 모니카 버그라는, 2013년 노르웨이 바텐더 대회에서 1위를 한 여성 바텐더에게 물어본 적이 있다. 칵테일에 이른바 '여자 입맛'이라는 게 있냐고. 전혀 그렇지 않다는 대답을 들었다.

푸드 기사를 쓸 때도 주의하는 부분이 있나.

레스토랑을 소개할 때 '분위기가 좋아서 남자 친구가 여자 친구를 데려가면 좋을 곳' 이런 말은 쓰지 않으려고 한다. '여자들이 좋아하는 맛', 이런 표현도 마찬가지고. 예전에는 '남자 손님들에게 추천하는 레스토랑 메뉴'를 다루면서 고기 위주로 소개하고, '여성스러운 플레이팅'이나 단맛을 제외한 적도 있다. 최근에는 이것 또한 잘못됐다는 사실을 깨닫고 피하려고 한다.

이런 성차별 이슈에 관한 〈GQ〉의 전체적인 분위기는 어떤 편인가?

잡지를 꾸준히 본 독자는 알겠지만 우리는 여성 독자를 상정하고 글을 쓴다. 7, 8년 전에는 여성 독자 4, 남성 독자 6 정도의 비율이 나오기도 했다. 그래서 나뿐만 아니라 다른 에디터들도 주의를 기울인다. 최근에는 여성 연예인의 사진을 찍을 때도 생각을 더 많이 하고, 섹스 칼럼을 쓰는 담당 에디터의 고민도 점점 깊어지고 있다. 항상 젠틀한 수준을 지키고 있다고는 생각하지만 앞으로는 방향이 바뀔 수도 있을 것 같다. 매달 마지막 페이지에 여성의 사진을 싣는데 그것도 어떻게 할지 고민 중이고. 칼럼으로도 성차별이나 페미니즘 관련 주제를 많이 다루고 싶어 한다.

지금까지 이야기가 에디터로서의 기준에 관한 것이었다면, 취향이나 태도에 관한 생각도 궁금하다.

푸드 칼럼니스트라든지 특정 분야의 전문가는 좀 더 단정적으로 자신의 의견을 표현한다. 반면 나는 그런 사람들을 찾아내는 게 일이라고 생각하기 때문에 기사를 쓸 때 내 생각을 확정적으로 단언하지 않으려고 노력하는 편이다. 원체 성격이 소심하기도 하고…. 에디터로서 일을 시작할 때부터 늘 고민했던 지점이다. 취향을 갖는 건 에디터의 중요한 부분인데, 나는 취향을 전면에 드러내면서 그것으로 어떤 조류를 만들고 싶은 쪽은 아니다.

겁이 많은 걸까?

내가 알고 있는 '전체'가 정말 '전부'인가를 끊임없이 걱정하고 검증하려는 쪽이다. 가끔은 나 역시도 어디가 맛집이고, 어떤 요리가 최고이고, 이 집이 나은지 저 집이 나은지 명확하게 판정해주는 기사를 써야 하는 건 아닌가 고민할 때가 있다. 최근 인터넷을 기반으로 배포되는 기사에서 '좋아요'를 많이 받을 수 있는 기사의 형식이겠지. 그런데 아직은 그렇게 하지 않고 있다. 정확히는 못 하고 있는 거다.

왜 그렇게까지 조심스러운가?

일단 전문성을 가진 커뮤니티 안의 사람들에게 잘못된 기사를 보여주고 싶지 않다. 이만큼을 보고 기사를 썼지만, 내가 모르는 또 다른 이만큼이 있지는 않을까? 재미있는 이슈들을 콘텐츠로 만들 때 적어도 오류는 없고, 그 분야의 100퍼센트는 될 수 없겠지만 최대한 폭넓은 지식을 가지고 그 사이에서 기사를 만들고 싶다.

푸드·드링크 분야는 누구나 이야기하고 평가할 수 있다고 믿는 사람들도 존재하는 것 같다.

모두 관심이 있는 분야니까, 다들 자기가 전문성을 갖고 있다고 생각한다. 내가 생각하는 맛집의 기준은 각자 정확하고 확고하기 마련이니까. 그런 여러 독자들을 상대로 나의 기준을 보여주는 건 힘들다. 내가 쓴 기사에 '거기 맛집 아니던데?' 이런 댓글이 달리면 멘털이 무너진다. 기사를 열심히 쓰려고 노력하는 기저에는 욕먹고 싶지 않다

는 마음도 있다.(웃음)

외부의 피드백에 영향을 많이 받는 건가?

그렇긴 한데 생각해보면 그보다 더 우선시하는 건 나 스스로의 평가
다. 좋은 비주얼을 만들고, 재미있는 기사를 썼다고 생각되는 달은 마
감 후 몇 번이고 글을 다시 본다. 잡지 에디터는 혼자서 그 기사를 책
임지는 사람 아닌가. 그런 만큼 내가 얼마나 좋은 기사를 썼는지도 스
스로 파악할 수 있다. 내가 나를 충분히 밀어붙였는지는 내가 가장 잘
안다. 그리고 편집장님과 구성원들이 잘했다고 평가할 수 있는 결과
물을 내려고도 한다. 같이 일하는 후배, 동료, 선배 중 내가 존경하지
않는 사람은 없다. 독보적인 위치에 있는 구성원들 사이에서 혼자 별
로인 사람이 되고 싶지 않고, 그래서 그런 사람들과 일하는 게 큰 동
력이다. 단순히 소비되는 기사를 만들고 끝나는 게 아니라 잡지로서
의 가치, 저널리즘적인 부분도 놓지 않으려고 하는 태도가 서로를 단
단하게 묶어준다고 생각한다.

2017년 9월에는 피처 에디터에서 디렉터로 발령을 받았다.

피처 디렉터는 〈GQ〉 피처팀의 팀장이다. 여느 조직에서와 마찬가지
로 조직의 방향을 정하고 팀원들을 이끄는 일을 하고 있다. 요즘 같은
미디어 환경에서는 특히 더 피처 디렉터의 역할이 쉽지만은 않다. 잡
지업계는 엄청나게 큰 변화를 겪고 있다. 플랫폼도 지면에서 디지털

로, 기사 내용 자체도 브랜드 중심으로 옮겨가는 중이다. 앞으로는 하는 일의 꽤 많은 부분이 브랜드와 함께 화보나 영상을 만드는 게 될 것 같다. 에디터 업무가 전환되고 있는 시점이라, 가끔은 다른 직종으로 이직한 것 같다는 느낌이 들 때도 있다.

디렉터로서 〈GQ〉 피처 파트의 기조도 고민 중인가?

지난 몇 개월간 디지털과 지면을 넘나들며 일해보니 이 둘의 기조를 확실히 다르게 해야겠다는 생각이 좀 더 짙어진다. 회사에서도 디지털 에디터를 따로 분리해 팀을 꾸리고 있고. 그래서 〈GQ〉 지면은 지면이 아니면 다룰 수 없는 무엇을 보여주는 데 집중해야 할 것 같다. 주제는 평이하더라도 기획의 날을 세운다든지, 아니면 아무도 다루지 않는 주제를 긴 호흡으로 풀어낸다든지 하는 식으로 갈 수 있을 거다. 이전에는 에디터의 글과 취향을 기사에 많이 녹여냈다면, 이제는 기획에서 새로움을 강화하고 외부 전문가를 다양하고 풍성하게 활용해야 하지 않을까 싶다.

개인적으로 힘든 점은 없나?

요즘 업무량도 많고, 모든 일에 어쩔 수 없는 타협도 많이 하고, 능숙하지 못해 헤매는 것도 많다. 이런 순간들을 열심히 겪어내면서 내 나름의 업무 초점이 맞춰지는 순간을 기다리고 있다. 나는 주변에서 기대하는 것만큼 결과물을 내지 못하면 전전긍긍하는 편이다. 어떻게

든 칭찬받고 싶어 이것저것 해보는 타입이기도 하고. 그래서 요즘이 더 힘든 것 같다. 일단 10년간 자유롭고 즐겁게 일하면서 퍼포먼스를 내왔다면, 이제는 부딪히고 깨지면서 퍼포먼스를 내야 하는 또 다른 10년이 시작된 것 같다. 두렵기도 하고 도망가고 싶기도 한데, 그러면 지난 10년이 또 아무것도 아닌 게 될 것 같아 일단 해보려고 한다.

본인의 일을 특별하게 좋아하는 것 같다.

한 명의 에디터가 자신의 기사를 담당하는 시스템이기 때문에 편한 게 있다. 잡지를 만드는 모든 사람이 모든 기사에 관한 의견을 공유할 필요는 없다. 내가 재료를 갖다 쓰는 거니까 빠르고 재미있게 일할 수 있고, 매달 다른 걸 한다는 것도 정말 재미있다. 혹시나 망했을 때도 한 달 뒤면 깨끗하게 털어버리고 다음으로 넘어갈 수 있다는 장점이 있다.(웃음) 요즘은 기록이 인터넷에도 남아 있긴 하지만.

그중에서도 푸드·드링크 분야의 에디터로서 느끼는 즐거움은 뭘까?

독자들이 내가 만들고자 하는 기사에 빠르고 쉽게 공감한다. 뉴욕에서 활동하는 데이비드 장이라는 셰프가 "음식이 맛있는 건 기억을 공유하기 때문이다"라고 말한 적이 있다. 음식 기사도 똑같다고 본다. 독자들의 기억에 쉽게 접근할 수 있는 소재이고, 공유하는 기억 또한 다른 분야들보다 훨씬 많기 때문에 재미있는 기사를 더 많이 생산할 수 있다. 형식적으로 재미있는 시도도 적극적으로 할 수 있고.

'르 꼬르동 블루 – 숙명 아카데미'에서 요리를 배우고 있는데, 그건 일을 더 잘하기 위한 노력인가.

사실 에디터가 아주 전문성을 가질 필요는 없다. 에디터는 전문가들의 정보를 에디팅하거나 그들의 시선을 기사로 끌어들이는 사람이니까. 그런데 이 일을 하면서 내가 전문가들과 조금 더 수월하게 커뮤니케이션을 하기 위해 따로 공부하는 거다.

일과 병행하려면 힘들 텐데.

토요일에 수업이 있는데 마감과 겹치면 힘들기는 하다. 밤을 새우고 바로 간 적도 있고, 출장과 수업이 겹칠 때는 고민이 된다. 2018년 3월에 졸업할 예정인데 힘들지만 악착같이 끝내보려고 한다. 요리라는 게 공부인 줄 알았는데 실은 운동 같은 면이 있더라. '르 꼬르동 블루 – 숙명 아카데미' 수업도 힘들지만 나를 단련하기 위해 다니고 있는 거다. 내가 좋아하는 일을 지치지 않고 계속하기 위한 세세한 노력이랄까. 지속해서 조금씩 훈련하다 보니 아주 미세한 발전들이 모여 나도 모르는 사이에 요리를 구성하거나 눈앞에 놓인 한 접시를 이해하는 능력이 좀 길러진 것 같다. 담당하고 있는 푸드·드링크 기사에 직접적인 도움이 된다기보다는 그저 먹고 마시고 놀러 다니는 데 더 도움이 되는 것 같긴 한데,(웃음) 이 영역이 먹고 마시고 놀러 다니는 걸 잘할수록 결국 일도 더 잘하게 된다는 걸 경험적으로 알고 있기에 나름대로는 긍정적인 공부라고 평가한다.

또 어떤 노력을 하는 중인가?

2013년 이후로 바(bar) 문화에 관한 글을 계속 쓰고 있는데, 마침 한 바에서 공부를 제안했다. 바텐더의 도움으로 칵테일은 어떻게 구성되는지 원리를 중심으로 더듬더듬 느리게 익히고 있다. 지금 배우고 있는 요리와 칵테일이 크게 다르지 않다는 생각이 들기 시작하면서부터는 좀 더 재미있어졌다. 바 분야는 2013년부터 격동의 세월이라고 부를 수 있을 정도로 팽창해왔다. 내가 10년 남짓, 그러니까 아주 길지 않게 일했는데도 업계의 시작과 끝을 총괄적으로 파악할 수 있을 정도다. 그 점이 매력적이고, 이제 막 태동하는 산업이라 출입처 개념으로 이 영역을 다루는 기자가 많이 없다는 부분에서도 흥미를 느낀다.

10년을 일했는데 여전히 새로운 즐거움을 찾아내고 있다.

다른 여성들이 각자의 자리에서 열심히 일하는 것처럼, 나도 똑같이 그렇게 일하고 있을 뿐이다. 내가 하는 일이 계속 신선했으면 좋겠고, 그 신선도를 유지하고 싶다.

인터뷰·글 황효진

손기은의
물건

청바지 뒷주머니에도, 코트 주머니에도 쏙 들어가는 이 노트는 손기은의 취재 수첩이다. "원래는 무인양품에서 산 A6 사이즈의 노트를 주로 써요. 그게 지겨워질 때쯤 영국에서 산 이 화려한 무늬의 수첩으로 중간중간 바꿔주고요. 이 크기의 노트는 작정한 취재처럼 보이지 않아서 취재원들의 마음을 열기에도 유용하더라고요." 잡지 에디터, 특히 푸드·드링크 분야를 다루는 그로서는 취재에 익숙하지 않은 평범한 사람들에게 팩트가 아닌 자연스러운 생각을 묻는 경우가 많기에 더욱 그렇다. 아이폰이 처음 등장했을 때, 잡지업계에서는 녹음과 메모와 사진 촬영이 모두 가능한 이 기기가 에디터들의 업무 방식을 바꾸어놓을 것이라고 예상했다. 그러나 손기은은 여전히 촬영 아이디어도, 인터뷰 질문지도, 시장과 양조장, 레스토랑, 바에서 취재한 내용도 모두 이 노트에 그리고 쓴다. 그동안 사용한 노트를 다 모은다면 손기은의 에디터 인생을 압축한 한 권의 잡지가 되지 않을까? "이 노트가 중요한 이유는 제가 하는 일을 비공식적으로 기록하는 일기장 같기 때문이에요. 잡지에 기록된 것이 저의 경력이 된다면, 이 노트에 기록된 건 그 경력을 이루기 위해 요모조모 노력한 제 모습 같아요."

글 황효진

이지나

조연출 경험이 없는 배우 출신 연출가. 하지만
지금 이지나는 원 앤 온리(One&Only)라 불린다.
2001년 뮤지컬 〈록키호러쇼〉 이후 20편에 가까운
새로운 소재와 음악이 그의 손을 거쳐 무대에
무사히 안착했고, 배우들의 색다른 매력 역시
그에 의해 발견되었다. 특히 그는 남성 연출가가
많은 업계에서도 냉정한 시장 분석과 거침없는
카리스마로 주목받는 독보적인 현역 여성 연출가다.

약력

2011 〈광화문연가〉 연출
2013 〈잃어버린 얼굴 1895〉 연출
2016 〈도리안 그레이〉 연출

수상

2009 제15회 한국뮤지컬대상 연출상
2012 제1회 예그린뮤지컬어워드 스태프가 뽑은 스태프상
2015 제5회 더 뮤지컬 어워즈 작사상

"자신의 직업으로
기여할 수 있는 게
무엇인지 생각해야 한다."

이지나
공연 연출가

ONE
&
ONLY

이
지
나

"먹고살기 위해 연출을 시작했다"는 인터뷰를 본 적이 있다.

동기가 있어야 한다. 영국 유학 시절에 IMF가 터져 집에서 하던 패밀리 비즈니스가 기울었다. 급히 귀국해야 하는 상황이었는데, 한국에 오면 굶어 죽을 것 같아서 연극 〈버자이너 모놀로그〉 공연권을 200만 원가량에 사왔다. 내 마지막 남은 돈을 그 공연권 사는 데 썼고, 그걸 들고 제작자를 찾아다녔다.

직접 문을 두드린다는 게 생각보다 쉽지 않은 일인데.

영화감독들도 데뷔하기 위해 시나리오를 쓰지 않나. 아무것도 없는데 "나 연출시켜 보십시오"라고 한다 해서 일을 줄 리가 없다. 당시 루트 원이라는 제작사가 이 작품에 관심을 보이길래, "내가 여기서 〈버자이너 모놀로그〉를 할 테니 뮤지컬 〈록키호러쇼〉 연출을 시켜달라"고

일하는 여자들

해서 데뷔하게 됐다. 더는 연출가가 도제 시스템으로 데뷔하지 않기 때문에 지금의 연출가들은 자기 능력을 보여줄 수 있는 무기가 있어야 한다. 조연출 생활을 오래 하거나 아니면 대본을 하나 쓰거나.

한국어 가사 작업도 하고 각색도 하지 않나. 대본을 써본 적은 없나?

글을 못 쓰는 게 아니라 쓰고 싶은 이야기가 없다. 지금도 그렇고 그때도 그랬다. 아무리 머리를 쥐어뜯어가면서 '난 무슨 말을 하고 싶은가, 무슨 이야기를 하고 싶은가'를 봐도 없더라. 세상에 온전히 새로운 이야기라는 것이 있나? '나 말고도 너무나 뛰어난 사람들이 많은데 되지도 않는 나까지 뭘 끄적여' 같은 생각도 있었고.

조연출 생활 후 데뷔하는 게 일반적이고, 연출가 대부분이 남성인 업계에서 독보적인 등장이었겠다.

일단 영국에서 온 직후라 내가 좀 야했다. 화장도 세고 노출 심한 옷도 즐겨 입었고. 그래서 당시에는 외모나 옷 때문에 욕을 많이 먹었다. 말투가 세서 굉장히 도발적인 여성, 센 여자의 상징처럼 됐었다.

그 오해를 어떻게 극복했나.

그냥 그런가 보다 했다. 내가 그러고 있는데 뭐. 왜 바꿔?(웃음) 꾸밀 시간이 없어지면서 나도 나중에는 수더분해졌는데, 그래서 난 지금도 일 열심히 하는 여자들이 자기 관리도 잘하고 자기 스타일 만들고 하는 거 보면 무척 존경스럽다.

연극 공연권을 사왔지만, 사실상 뮤지컬로 데뷔했고 이후에도 오랫동안 뮤지컬 작업을 해왔다. 왜 뮤지컬을 선택했나?

내 작품이 좋고 안 좋고를 떠나 난 가난했고 돈이 필요했다. 연극과 뮤지컬은 개런티가 4, 5배 정도 차이 난다. 누울 자리 보고 다리 뻗는다고 객석 수, 티켓 가격, 공연 회차 보면 빤하지. 그래서 비난을 많이 받았다. 많은 사람이 돈 없이도 예술을 향해 걸어가고, 그런 과정에서 언젠가 예술가로서 활짝 피는데 너는 왜 하지 않느냐고. 물론 그런 사람들도 있지만, 나는 내가 이 길을 선택한 거다. 돈이 없어서 돈을 버는 상업 예술을 택한 것뿐인데 왜 욕먹어야 하는가. 종종 '순수 예술가가 됐으면 어땠을까'라는 생각도 해보는데 일단 나는 못 견뎠을 것 같다.

문화 예술 역시 등급화할 수 있다고 생각하는 것 같다.

문화 예술이 기록의 영역이라면 등급화할 수 있다. 하지만 문화는 거대한 강물처럼 흐른다. 이 흐름을 주도하는 것이 무엇이냐에 따라 여러 가지가 달라지지만, 그럼에도 모든 것은 장르별 미덕이 있다. 아무리 연극계 위대한 어른이라고 해도 뮤지컬을 100퍼센트 평가할 수 없다. 연극은 스토리텔링과 주제 의식이 강하고, 뮤지컬은 음악이 최후의 승자다. 난 아무리 하늘이 점지한 스토리라도 음악이 안 좋으면 못 본다. 그런데 사람들은 종종 공연이라면 다 같은 것이라고 생각하는 경우가 있다. 장르의 미덕을 인정하고, 아티스트들은 그 미덕대로 살면 된다. 뮤지컬은 음악을 베이스로 한 장르이니만큼 이제는 음악적 문법으로 똘똘 뭉친 이들에게 양보하면 좋겠다.

'뮤지컬 연출가'로서 이지나라는 이름을 각인시킨 작품이 〈헤드윅〉이다.
〈헤드윅〉은 나를 연출가로 자리 잡게 해준 작품이다. 이후 많은 작품 의뢰가 들어왔고 작업도 수월해졌다. 사실 〈헤드윅〉은 아티스트 이지나로서는 썩 만족스러운 작품이 아니었다. 왜냐면 내 자아를 드러낸 것이 아니고 나는 그냥 기술자로 참여한 것에 불과하니까. 그래서 내 작품, 내 스타일이라고 말할 수 없는 거지.

아티스트 이지나로 보여주고 싶은 건 어떤 건가?
내가 고민하는 건 '관객이 원하는 것은 무엇인가'이기 때문에 그때그때 다르다. 지금 관객은 조금 부담을 느끼겠지만, 10년 뒤에는 분명히 좋아할 수 있는 것을 만들고 싶다. 지난 5년간의 작업을 돌아보면 〈잃어버린 얼굴 1895〉는 서울예술단만이 할 수 있는 최대치를 뽑아내려 했고, 〈더 데빌〉은 비주얼이 강한 오컬트 록 오페라를 하고 싶었다. 〈도리안 그레이〉는 요즘 유럽풍 뮤지컬이 트렌드인데 최대한 국적성을 빼고 컨템퍼러리하게 가보고 싶었다. 〈곤 투모로우〉의 경우 활극의 느낌을 더 낼 수 있으면 좋을 것 같다. 나는 반보 앞서고 싶다. 현실을 너무 모르고 혼자만의 세계에 빠져 백 보 뒤처진 적도 있지만.

백 보 뒤처진 작품은?

〈서편제〉는 작품성을 떠나 흥행, 기획적으로 시장의 논리에서 백 보 뒤진 작품이었다. 의미를 떠나서 〈서편제〉라는 작품으로 2010년에 상업 뮤지컬 시장에 뛰어든 것 자체가 착오였다. 뮤지컬은 쇼 비즈니스이기 때문에, 일단 관객들이 작품을 보러 오지 않았다. 사람들은 그런 콘텐츠로 뮤지컬을 보고 싶어 하지 않는 거다. '잘 만들면 된다'라는 순진한 논리가 통하지 않는다는 뜻이다.

결국 발목을 잡는 것이 흥행 성적이다.

영화는 〈명량〉도 되고, 〈끝까지 간다〉처럼 예산이 적은 작품도 흥행한다는 게 너무 부럽다. 지금 한국 뮤지컬 시장은 독특한 소극장 창작 뮤지컬과 규모로 승부하는 대극장 라이선스 뮤지컬로 양극화되어 있다. 나는 소극장 콘텐츠를 중·대극장에서 하려고 하기 때문에, 대극장에서 50억 원을 쓸 때 그 제작비의 3분의 1로 가겠다는 거다. 솔직히 소극장 창작 뮤지컬보다 대형 라이선스 뮤지컬을 연출하는 게 돈을 더 많이 번다. 하지만 나는 뉴욕의 오프브로드웨이처럼 형성된 대학로 소극장 콘텐츠의 범위를 확장해 일반 관객을 흡수하고 싶다.

브리지 개념이라고 보면 되겠다.

〈프랑켄슈타인〉 성공 이후 대극장 뮤지컬로 전 세계 명작이 다 쏟아져 나오고 있다. 내가 대극장 뮤지컬 연출을 주로 해왔기 때문에 주변에서도 그런 작품 하면 되지 않느냐고 한다. 그런데 나는 우리 할머니, 할아버지, 엄마, 아빠, 내 친구도 다 볼 수 있는 작품을 만들 재능이 없다. 그렇다고 내가 재미없는데 "이런 게 돈 벌어" 하며 만드는 건 내 나이에 할 짓은 아니다. 관광객도 없는 이 나라에서. 예를 들어 만일 내가 〈영웅〉을 만들었다고 생각해봐라. 아마 나는 안중근이 아니라 안중근에게 감명받은 일본인 간수를 주인공으로 했을 거다. 즉 나는 취향 자체가 정통적 메이저가 아니다.

그래도 한때는 '미다스 손'으로 불리지 않았나.(웃음)

그때는 라이선스 뮤지컬을 했으니까. 현장 설계자로 구현한 것이었기 때문에 그건 내 대중성이 아니다. 창작을 하니까 내가 어떤 사람인지 드러나는 건데 그래서 이제 '마이너스의 손'이 된 거지.

공을 많이 들였다고 모두 성공하는 것은 아니다.

내 생각과는 다르게 너무 고전하니 '내가 또 지금 무슨 짓을 하나' 싶긴 하다. 문화적으로 우리나라는 아직 자국 브랜드보다는 외제처럼 보이는 브랜드를 선호한다. 하지만 자국 브랜드의 옷을 입은 게 더 세련돼 보이는 순간이 곧 올 거라 믿는다. 누군가의 눈에는 고집을 부리는 것처럼 보일 수도 있는데 이게 나의 아티스트로서의 도덕이고 아집이다. 〈잃어버린 얼굴 1895〉는 무용팀과 소리팀이 워낙 좋은 서울예술단이라는 단체와 나의 마이너적인 DNA가 잘 맞았다. 개인적으로 완성도도 좋았고 비주얼적으로나 스토리적으로나 굉장히 좋아하는 작품이다. 〈더 데빌〉은 초연 때 투머치라고 거의 사형선고를 받았는데 2017년 초에 한 공연이 흥행에 성공했다. 이런 짜릿한 역전극이 너무 좋아 못 놓겠다. 대극장과 소극장 사이 빈 곳을 채워주는 이 작업이 살아남아야 다양한 작품을 보고 싶은 관객도, 만드는 우리도, 시장도 더 행복해진다.

2010년 초연 당시 흥행에 참패한 〈서편제〉가 네 번째 공연 만에 드디어 성공했다.

어리벙벙하다. 〈서편제〉는 작품성 좋은 거 다 알면서도 흥행이 안 됐다. 소재의 한계라고 생각했었다. 한국적인 제목에 영화가 워낙 유명했기 때문에 '뮤지컬에서도 울고불고 하겠지' 싶은, 관객이 떠올리는 이미지를 박살 낼 수 없다는 생각에 자괴감에 빠지기도 했다. 그런데 2017년 공연은 CJ E&M이 제작하면서 공격적인 마케팅을 많이 했다. 추석 연휴가 끼면서 효도 상품 같은 것으로도 잘 팔렸고. 이번에 흥행이 되는 걸 보니 홍보 마케팅이 정말 중요하다는 생각을 다시 했다.

크리에이터 입장에서는 결국 홍보 마케팅이 흥행의 결정적인 요소라는 것을 인정하는 게 쉽지 않았을 듯하다.

몇 년 전부터 그런 흐름이 생기기 시작했다. 왜 영화도 블록버스터 개봉하면 모든 극장에 깔아버리지 않나. 이제 대극장 뮤지컬 시장도 블록버스터 시대가 된 거다. 〈서편제〉가 통하는 걸 보니 〈도리안 그레이〉도 가능성이 높다는 생각을 하게 됐다. 세련된 장면과 음악이 많은데 5년 정도 지나면 관객이 '아, 이런 작품이었구나' 할 것 같다.

왜 이런 도덕적인 작업이 필요한가.

예전에는 그냥 '내가 즐겁고 내가 하고 싶은 거 하면 됐지!'라고만 생각했다. 그런데 그렇게 판단하는 사람들이 모이기 때문에 변화가 더뎌진다고 느낀다. 각자의 직업에서 자기가 국가에, 사회에 그리고 같은 구성원에게 기여할 수 있는 게 무엇인지 헤아려야 한다. 나는 이제 공연 연출가 이지나로서 내 작품으로 어떤 문화적 기여를 할 수 있는가를 생각해야 하는 나이가 됐다.

옆에서 지지해주는 이들이 있나?

없다. 자기가 좋아서 저러면서 신경질만 부리고 점점 괴팍해지고 있다고 생각한다.(웃음) 그렇다고 희망 없이 복제품만 만들어내는 건 의미 없다. 그러려면 사업가를 해야지 연출은 안 하는 게 맞다. 쇼 비즈니스계에서는 돈 버는 사람이 장땡이라는 마인드가 생길 수도 있는데, 나는 아직까지 내 작품에 내 취향과 스타일을 넣고 싶은 사람이다. 그러니 타협을 못 하는 거다. 그 대신 나에게는 관객이 있다. 사람들이 마니아 관객들의 강한 팬덤을 지적하기도 하지만, 그들은 모든 공연을 보고 엄격하게 작품 인큐베이팅을 시켜준다. 안티도 많은 나지만 그 관객층이 없었으면 벌써 사라졌을 연출가가 나다.

이지나표 뮤지컬은 관객의 호불호가 강하다. 작품에서 종종 지적되는 것 중 하나가 여성 캐릭터를 다루는 방식인데.

조선을 두고 이권 쟁탈이 빈번하게 벌어진 1884년을 배경으로 한 〈곤 투모로우〉에는 여성 캐릭터가 없다. 만약 그 작품에 명성황후를 넣으면 그건 또 명성황후의 이야기가 되어버린다. 그 사람의 존재감이라는 게 그렇다. 명성황후를 전면에 내세운 〈잃어버린 얼굴 1895〉가 있기 때문에 〈곤 투모로우〉에서는 일부러 지운 거다. 그리고 없는 여성 캐릭터를 억지로 살리고 싶지도 않았다. 당시 시대가 그렇기도 했고, '여성 캐릭터가 양념으로 있어야 욕을 안 먹는다'는 이유로 넣는다면 그것도 비겁하다고 생각한다.

여러 콘텐츠에서 여성은 남성을 위한 구원의 존재로 그려질 때가 있다. 〈더 데빌〉의 그레첸은 그 이유로 비판을 받기도 했다.

그레첸을 두고 이른바 '구린 캐릭터'라고 하는 얘기들이 있었다. 우리가 싫어해야 하는 건 자기 주체성이 없고 남자를 이용해서만 성공하거나 악에 타협하는 캐릭터라고 생각한다. 그레첸은 존 파우스트의 영혼이고, 도덕적으로 옳고 싶었고, 존과 자기 자신을 구원하고 싶은 의지로 만신창이가 되는 투사로 묘사하고 싶었다. 나에게 '구린 여성 캐릭터'는 자신의 의지가 없고 일생이 개인의 영달과 행복이 전부인

꽃 같은 캐릭터다.

**젠더 감수성이 높아지면서 주체적인 여성 캐릭터에 대한 기대와 요구도
높아지고 있다.**

2008년 고궁 뮤지컬 〈대장금〉에서 했었다. 대장금이 아니라 대장군이
라 할 정도로 주체적인 캐릭터였고, 센 언니들의 저항기 〈밴디트〉도
있었고. 〈버자이너 모놀로그〉로 페미니즘 연극을 했고, 〈서편제〉로 고
난 속에서도 예인으로 우뚝 서는 주인공 '송화'도 있었다. 그런데 이
작품들 모두 흥행 성적이 좋지 않았다.(웃음) 라이선스 뮤지컬에서 여
성 원톱은 흥행할 수 있다. 그런데 아직 창작 뮤지컬에서는 반응이 미
미하다. 화나고 속상하다.

**오히려 젠더 감수성이 높아진 지금 〈버자이너 모놀로그〉를 해야 하는 것
아닌가?**

아니다. 그 작품은 이제 내게 올드하다. 외국에서는 '버자이너'라는
단어를 이용해 시원하고 걸쭉한 음담패설 농담 파티를 한다. 그런데
한국에서는 그게 아직 안 먹히기 때문에 지난 10년간 연기와 사연으
로 감동을 주려고 했다. 그러다 보니 이게 나한테는 오히려 올드해
져 버린 거다. 게다가 이제는 '보지'라는 단어가 한국에서 금기어가
되어버렸어. 그럼 뭐라고 해야 돼? 외음부? 질? 성기? 성기라는 말
에 누가 웃어.

괴팍한 성격에 대한 이야기를 잠깐 했는데, 여성 연출가였기에 더 강하게 행동했다고 보는가?

그건 내가 여성이라서가 아니라 인격적으로 흠이 있어서다. 욕도 잘하고 소리도 잘 지르고 직설적이다. 내가 수양이 덜 됐고 표현 방법이 저질이기 때문이다. 그 대신 여성이기 때문에 패거리에는 못 들어갔다. 술도 같이 마시러 가고 그다음에 사우나도 같이 가야 하는데. 많은 캐스팅이 그런 자리에서 이루어진다. 비슷한 실력이면 남성을 더 선호하기 때문에 여성에게는 기회가 주어지지 않는다. 그래서 여성은 월등해야 한다.

결국 개인의 역량이 중요하다는 건가?

'월등해져라'라는 말이 슬프고 구리지만 맞다. 정확히는 월등할 방법은 여러 가지라는 거다. 나보다 인격적으로 훌륭한 사람들은 고요한 저항으로 상대를 설득할 수 있고, 나처럼 배 째라 스타일이 먹힐 때도 있다. 사람들이 나보고 성격 세다고 하지만, 어른이건 스타건 나한테 이상한 짓을 했을 때 'No'라고 말했기 때문에 여기까지 왔다고 생각한다. 일방적으로 부당함을 당하지 말고 저항하거나 복수하라고 말하고 싶다. 일에서의 관계뿐 아니라 일상에서도 건강한 복수는 동기를 부여하며 삶의 에너지가 된다.

어느 정도의 위치에 오르기 전까지는 'No'를 하는 게 쉽지 않다.

'No'를 했다고 찍는 사람이 있다면, 그 사람은 당신 인생에서 볼 일 없는 잔챙이 그릇이니 아웃시켜도 된다. 진짜 어른은 그렇게 말했을 때 오히려 '너 뭐 있다' 하고 지켜보는 경우가 있다.

공연계에서 함께 일하는 여성들에게 어떤 이야기를 해주고 싶은가.
직장에서는 자기들끼리 모의해서 실력이 있어도 여성이니까 없애는 경우가 있지만, 여기는 내 공연을 봐주는 관객이 있어 연출가로서 무기도 생길 수 있다. 과거에 비해 좋은 프로듀서도 많이 나오고 서로가 서로를 감시하고 있다. 그래도 차별이라는 생각이 들 때는 강단 있고 나이스하게 'No'라고 해야 한다. 자기만의 리액션이 필요한 시대가 온 거다.

인터뷰·글 장경진

이지나의
물건

이지나를 떠올릴 때 가장 먼저 그려지는 것은 안경이다. 밝은색의 안경테를 착용한 적도 있지만, 대부분은 심플한 디자인의 검은색 뿔테 안경을 쓴다. 그런데도 안경이 뇌리에 깊게 남는 건 공식 석상에서 안경을 쓴 여성을 본 적이 별로 없어서다. 이지나는 언제나 세상의 시선에 굴하지 않는다. 한때 야하다는 소리를 들은 옷차림에도, 괴팍하다는 소리를 듣는 성격에도 '이게 나'라는 애티튜드를 잃지 않는다. 남성 혹은 조연출 출신 같은 업계의 주류가 아니어서 동등한 기회를 얻지 못하면, 불평하는 대신 자신의 우월한 실력을 뽐내 스스로 기회를 만들어낸다. 이지나의 뮤지컬이 하나의 주제를 향해 명확하게 달려가는 것은 그의 세계가 굳건하기 때문이다. 게다가 그의 안경은 현역 연출가 이지나를 증명하는 도구이기도 하다. "요즘은 정신이 녹슬어서도 아니고, 내 의식이 녹슬어서도 아니고, 내 눈이 말을 안 들어서 앞으로 계속 작업할 수 있을까에 대한 스트레스가 있어요." 그 어떤 이유보다도 대본과 악보를 제대로 보지 못할까 봐 더 걱정하는, 여전히 필드 위에서 거침없이 뛰고 싶은 선수가 바로 이지나다.

글 장경진

극작가

지이선

지이선 작가는 언제나 소외된 이들의 목소리에
먼저 귀를 기울인다. 그는 2007년 연극
〈모범생들〉로 주목받은 이래 여러 작품을
통해 성소수자, 장애인, 폭력과 전쟁에 희생된
사람들의 처지를 그려왔다. 다양하고 다채로운
여성 캐릭터가 부족한 공연계에서 지이선은
꾸준히 주체적으로 행동하는 여성들을 무대에
세우고, 그들이 현실을 뛰어넘는 모습으로 주변의
여성들을 응원한다.

약
력

2007 〈모범생들〉 작
2014 〈프라이드〉 각색
2017 〈내일 공연인데 어떡하지〉 작

"끝까지 포기하지 않는
사람이 되기를 꿈꾼다."

지이선
극작가

소외된 이들을 위한

지이선

○

"글 쓰는 것보다 공연이 좋아서 작업을 한다"고 말한 적이 있는데, 사실 연극을 좋아하지 않았다고.

혜화여고를 다녔는데, 아침마다 이상한 옷차림에 술 냄새 풍기면서 휘적거리고 돌아다니는 사람들을 많이 봤다. 연극쟁이라더라. 어유, 너무 싫었다.(웃음)

그런데 한국예술종합학교(이하 한예종) 극작과에 입학하지 않았나.

라디오랑 책만 끼고 살던 때라 대학에도 별 관심이 없었는데, 연기과에 가려고 준비하던 친구 때문에 학교를 알게 됐다. 영화를 좋아해서 영상원에 지원하려고 했지만 이미 접수가 끝난 상태였다. 비슷한 게 연극원 극작과라서 지원한 거다. 학교에 대한 이해도 없었고, 국립이기도 해서 포기하고 있었는데 합격을 한 거다. 믿을 수가 없어서 오빠

랑 합격자 발표를 보러 갔다가 엄마 보여주겠다고 합격자 발표 벽보도 떼어왔다.(웃음) 입시 면접 때 실제로 본 연극이 한 편도 없어서 선생님들이 당황해할 정도였으니 운도 확실히 좋았던 것 같다.

언제쯤 연극에 흥미를 갖게 되었나?

당시만 해도 한예종은 고등학교 졸업 후 바로 진학한 학생이 별로 없어서 수업 따라가기가 힘들었다. 이쪽 일을 할 거라는 생각도 못 했기 때문에 연극이 좋아서 온 사람들에게는 내가 되게 치열하게 살지 않는 것처럼 보였을 거다. 1, 2학년 때까지는 수능을 다시 봐야겠다고 생각했다. 그러다 연극 〈오장군의 발톱〉을 쓰는 박조열 선생님과 일대일 수업을 하면서 애정이 생기기 시작했다. 선생님 중 연세가 가장 많았지만, 가장 젊고 저항적이고 깨어 있는 분이었다. "사람은 다 생긴 대로 글을 쓰게 되어 있다"는 말씀을 한 적이 있다. 나를 늘 '박군'(본명: 박지선)이라고 불렀는데, 삐뚤빼뚤하고 이상해도 되게 잘생긴 글을 쓸 거라고 했다. 가끔 그 말이 떠오른다.

스물여덟에 등단했다.

의정부시가 주최한 공모전에서 온조와 비류, 소서노를 주인공으로 한 전쟁 이야기로 대상을 받았다. 그런데 내 수상과 관련해 말이 많았다.

어떤 이야기들이었나.

그 공모전에는 신인과 기성 작가 모두가 지원할 수 있었고, 나와 비슷한 이름을 가진 사람들이 많아 다른 이름으로 작품을 제출했다. 당선 이후 한 매체와 인터뷰를 했는데, 그때 기자가 그런 얘기를 해줬다. 어떤 사람이 기자에게 "나이도 어리고 이름도 모르니 이 당선은 부당하다. 다른 무언가가 있다"고 말했다고. 그 말을 한 분은 시상식장에서 나를 아래위로 보더니 "몇 살이지? 한예종 출신이지?"라고도 했다. 엄마가 시상식에 오고 싶어 하셔서 같이 갔는데 자기보다 어린 사람이 상을 탔는데 축하한다. 기대한다 이런 말은 못 해줄망정 그 태도가 뭐냐며 나보다 더 화를 냈다.

당시에는 그것의 부당함에 대한 인지가 없었나?

몇 달 뒤에 내가 '부적절한 관계여서', '모종의 거래가 있어서' 이른 나이에 등단할 수 있었다는 식의 얘기가 돌고 있다는 걸 알았다. 이왕 헛소문 나는 거 "내가 세컨드가 아니라, 그 사람이 내 세컨드라고 해달라"며 넘어가려고도 했다. 그런데 "그때 그 상 받은 애가 쟤야"라고 하면 "아~" 이러면서 나를 위아래로 보는 일이 잦아지니까 점점 화가 났다. 권력의 상하 관계에서 낮은 위치에 있고 여자이기까지 하니까 너무 약자가 된다. "기집애 냄새 난다"는 말을 많이 들어서 그 시기에 머리를 짧게 잘랐다.

살아남기 위해 오히려 자신을 부정해야 하는 상황이 아이러니다.

사실 여성적이라고 불리는 애티튜드나 모습들은 다 사회가 만들어낸 편견이다. '내가 좋아하는 게 사회가 주입시킨 거라고?'라는 생각이 들면 또 복잡해지는데, 이제는 좋아하는 건 그냥 받아들이려고 한다. 그런데 지금 이 머리는 또 세 보인다고 하고.(웃음) 같은 걸 해도 남자들이 하면 "옷도 잘 입어, 센스 있어, 특이해"라고 말하지만 여자가 하면 "쟤는 옷에만 신경 쓴다"라고 한다. 누군가가 뭔가를 잘하고 높은 위치로 올라갈수록 저항이 커지는데, 남성보다는 여성에 대한 평가 잣대가 더 가혹한 거 같다.

당선된 작품은 결국 공연되지 못했고, 졸업 후에는 회사에 다니기도 했다.
그 작품은 시의 예산 문제와 사업 방향이 달라지면서 공연이 되지 못했다. 상금도 받았으니 어느 정도는 포기한 상황이기도 했다. 물론 공연은 하고 싶기도 했고 좋은 작업이었지만, 오히려 일이 없었다. 그러다 내가 이렇게 놓고 있으면 그때 들은 말을 증명하는 것밖에 되지 않는다는 마음에 내가 나로서 얼마만큼 쓸 수 있는지를 보여주고 싶었다. 그렇게 쓴 작품이 〈모범생들〉이다.

과거의 경험이 자신의 일에 어떤 영향을 주었다고 생각하나?
내가 어릴 때 겪었던 일들을 나보다 어린 친구들이 여전히 겪는 걸 보면 화가 난다. 당시에는 상처라고 생각하지 않았지만, 아마 트라우마로 남은 것 같다. 〈모범생들〉은 특목고 3학년들을 주인공으로 한 연극이다. 엘리트, 그리고 남성들이 갖고 있는 어떤 비뚤어지고 비인간적인 경쟁 사회를 보여주기 위해 만든 작품이었는데, 이 작업을 10년 하면서 더 느끼게 됐다. 사내들끼리의 패거리 문화, 폭력성을 바꾸는 게 너무 어렵다. 어린 사람, 만만한 사람한테 너무 막 대하는데 그게 잘못이라는 걸 모른다. '그냥 편하고 좋으니까'라고만 생각하는 거다. 내가 할 수 있는 건, 그것이 잘못된 생각과 행동이라는 걸 끊임없이 얘기하는 것뿐이다.

예를 들면 어떤 건가.

공연이 끝나면 세탁을 위해 의상을 수거하는 여자 크루가 있다. 한번은 남자 배우 하나가 그 친구에게 "너도 벗고 들어와"라고 한 적이 있다. 내가 너무 화가 나서 계속 그런 식으로 얘기하면 다신 나 못 볼 줄 알라며 난리를 쳤는데 이런 일이 많다. 사실 그 자리에서는 내가 권력적으로 위에 있으니까 내 행동이 그들에게 위협이고 폭력일 수도 있다. 하지만 그래도 해야 한다. 성별적인 부분도 있지만, 가장 경력이 적은 동료에게 하는 행동들도 조심해줬으면 좋겠다고 말한다.

모든 걸 통제할 수 없고, 한편으로는 개인의 인성 문제라고 생각할 수도 있다. 특히 무대 장르는 현장성까지 있어 어디까지 컨트롤할 수 있는가에 대한 고민이 많았을 텐데.

페미니스트로서의 각성 이후 여러 작품을 하면서 몇몇 문제들이 있었다. (김)태형 연출과 작업을 가장 많이 하는데, 우리가 하는 작업에서 만큼은 성 평등 교육 프로그램을 해보자는 얘기를 한다. 예전에는 이런 프로그램이나 강연은 듣지도 않을 거고, 들어도 달라지지 않을 거라고 생각했다. 그런데 태형 연출이 "인식이 달라지지 않는다 하더라도 이게 무례하고 겉으로 드러내면 안 된다는 걸 알리는 것에서부터 출발해야 하지 않겠냐"고 하더라. 남산예술센터에서 이 교육을 해서 한 번 가본 적이 있는데 의무가 아니라서 그런지 참석을 많이 안 하더라. 국·공립극장에서 공연할 경우 모든 배우와 스태프가 소방법부터 비상구 위치, 소화기 사용법 같은 극장안전교육을 의무적으로 받는다. 극장안전교육과 같은 의미라고 생각하면 회사도, 배우들도 편하게 받아들일 수 있지 않을까.

그 고민을 〈내일 공연인데 어떡하지〉의 한 장면으로 만들었는데 당시 관객의 반응이 어땠나?

제작사에서 일하는 세 여성이 성희롱 예방 교육 프로그램을 진행할 것인가를 두고 의견을 나누는 장면이었다. 이 문제는 권력 관계를 떼어놓고 이야기하기 어려운데, 자칫 잘못하면 '여자의 적은 여자' 프레임으로 보일까 봐 걱정을 많이 했다. 공연을 해보니 서늘해지는 순간이 있더라. 사람들이 생각보다 이 장면을 심각하고 진지하게 받아들이고 있었다. 나는 그게 긍정적인 신호라고 본다. 이 생각이 불쾌하다고 느끼든 동의하든 공연의 흐름과 정서가 달라지는 게 느껴졌다. 시도하길 잘했다고 생각했다. 지난번에 〈일하는 여자들〉 첫 번째 인터뷰를 하고 받은 인터뷰피(interview fee)는 이 교육 프로그램 강사료로 쓰려고 남겨두었는데 여전히 봉투째 그대로 있다. 아직도 교육을 못 했다는 얘기다. 그래도 용기가 조금씩 생기는 건 사실이다.

주변 상황이 창작에 영향을 주는 것은 사실이지만, 창작진 중에서도 이런 발언을 많이 하는 편이다. 왜 꾸준히 말해야 한다고 생각하나?

나한테 좋은 이미지를 주지 않을 수도 있지만, 내가 할 수 있는 게 이런 거다. 본격적으로 여성 인물에 대해 말한 때가 2016년 〈ize〉와 한 인터뷰다. 그 인터뷰가 나로 하여금 많은 생각을 하게 했고, 일단 말을 뱉었기 때문에 그렇게 살아야 한다.(웃음) 그래서 〈벙커 트릴로지〉에 여성 참정권 운동가 캐릭터도 만들었다. 말하고 움직여보는 게 중요하다. '이게 의미 있는 거구나'라는 느낌을 한 명이라도 받을 수 있도록.

젠더와 관련해서는 변화의 흐름이 굉장히 빠르다. 그것을 쫓아가는 과정에서 자신이 부족하다고 느낄 때는 어떻게 하는가?

부끄러운 이야기이긴 한데, 전문적인 페미니즘 서적을 읽은 경우는 별로 없다. 일단은 자발적으로 드는 생각을 먼저 정리한 후 공부하고 싶다는 생각이 든다. 나로부터 출발한 이야기라는 것이 중요하다. 그래서 주변 사람들과 대화를 많이 한다. 이게 나 혼자만 하는 생각인지, 상식의 문제인지, 나조차도 편견을 가진 건 아닌지. 그것을 통해 중심을 잡으려고 하는 거다. 왜냐하면 이런 움직임에 대해 때로는 극단적이거나 과하다고 말하는 걸 알고, 그게 어떤 의미인지도 이해하니까. 강의를 듣고 책을 읽고 공부하기 전에, 누군가의 강압이 아닌 자발적으로 움직이는 자발성이 중요하다.

창작 외에 각색 작업으로도 자신만의 스타일을 정립하고 있다. 하지만 내 작품이 아니기 때문에 고민되는 지점도 있을 것 같다.

동성애자들의 이야기를 그린 〈프라이드〉의 경우 동성애자가 아닌 사람이 각색한다는 것 자체가 이 작품에 폭력이 될 수도 있지 않을까 싶었다. 장애를 가진 인물이 주인공인 〈킬 미 나우〉도 마찬가지다. 나라는 사람 자체가 누군가에게 폭력적인 존재이지는 않은가, 늘 경계한다. 그래서 대화가 중요하다. 이런 이슈에 대해 불편하더라도 대화를 나누려 노력한다. 물론 개개인의 캐릭터는 다르다. 하지만 장애, 인종, 젠더는 선택할 수 있는 것이 아니고, 약자의 길도 선택한 것이 아니기 때문에 이는 찬성 혹은 반대로 논할 문제가 절대 아니다. 여기서부터 생각하는 것이 시작이다. 〈프라이드〉의 경우, 여성 인물인 실비아의 비중을 키우는 방식으로 밸런스를 잡았었는데, 다시 고민 중이다. 창작도 그렇지만, 세상이 달라지고 나도 계속 달라지고 있기에 '그때'에 필요한 결과물인 각색 작업이 그다음 해에도 베스트라는 보장이 없다.

지이선 작가의 작품에서 두드러지는 부분 중 하나를 꼽는다면 주체적인

여성 캐릭터다.

2015년에 〈카포네 트릴로지〉를 공연했다. 1920년대 폭력으로 가득한 시카고를 배경으로 세 개의 각기 다른 이야기를 하는 작품인데, 이 트릴로지 시리즈를 만든 연출가 제스로 컴턴이 한국에 온 적이 있다. 〈카포네 트릴로지〉 중에서도 쇼걸을 주인공으로 한 '로키'가 왜 한국에서 인기 있는지 모르겠다고 하더라. "세 작품 중 유일하게 여성이 살아서 밖으로 나가는 이야기라서 그런 것 같다"고 했더니 사실 그건 자살하러 가는 거라고 했다. 나를 포함해 거기 있던 모든 여자가 충격을 받았다. 그 대본을 단 한 번도 그렇게 읽어본 적이 없다. 제스로는 "그건 너니까 그렇게 읽은 것"이라고 말했지만, 원작을 제대로 살리지 못한 것 같아 여러 생각이 든 것도 사실이다.

차별과 폭력, 혐오를 극복하는 이야기를 쓰고 싶다고 얘기한 적이 있다. 오랜만에 공연되는 창작 〈더 헬멧 – 룸스 Vol.1〉이 그런 연극인가. (본 인터뷰는 공연 개막 전 진행되었다.)

하나의 테마가 공간과 입장에 따라 두 가지로 나뉘는 형식인데, 1987년부터 1991년까지 서울과 2017년 시리아 알레포를 배경으로 한다. 4개의 대본을 썼으니, 4개의 연극이다. 대학로에 손꼽히는 괴상한 작품이 될 것 같아 왜 했나 싶기도 하지만.(웃음) 룸 서울은 일종의 여성 액션 장르물이고, 룸 알레포는 '아이' 역을 모든 배우가 돌아가며 하면서 일종의 젠더리스 공연으로 하려고 했다. 대본은 그렇게 맞취 완성했으나 연습에 절대적으로 많은 시간이 필요한 일이었다. 내 잘못이 크다. 여러모로 준비를 더 잘했어야 하는데. 반성 중이다.

여성을 중심에 둔 서사에 대한 내부의 반응은 어땠나.

동료들의 지지가 크다. 젠더리스 공연을 사실 룸 알레포와 룸 서울, 두 공간에서 다 시도해보려고 했다. 나는 가능할 거라고 생각했지만, 여러 모순이 있었고 단계가 필요한 일임을 실감했다. 오랜만에 태형 연출이랑 소리 지르고 싸우기까지 했다. 누구도 하지 않은, 우리가 처음 하는 이야기이니 부담스럽고 걱정되지만 그렇다고 날림으로 하고 싶지는 않고, 얄팍하게 만들었다는 얘기는 더더욱 듣고 싶지 않았으니 둘 다 파이팅이 넘쳤다. 사실 내가 하고 싶은 것 중 하나는 연극으로 여성 슈퍼히어로물을 만드는 거다. 〈슈퍼맨〉을 본 남자들은 모두가 자기를 슈퍼맨에 대입하지만, 여자들은 그렇게 못 한다. "슈퍼맨은 남자니까 여자는 될 수 없다"는 말을 듣기 때문이다. 굳이 나처럼 보자기를 두른 여자애들은 혼이 나기도 하고. 시간이 갈수록 '어릴 때부터 다른 장면을 보고 자랐다면'이라는 생각을 많이 하게 된다.

이런 모험을 감행하는 이유가 무엇인가.

단계를 밟아가는 것이다. 몇몇 작품들을 보며 그 안의 여성을 다루는 방식이 불편하게 느껴질 때가 있다. 보통은 시대, 배경, 직업이 걸려 있어서 그렇기도 하지만, 남자보다 여자에게 더 가혹한 것 같아 좀 억

울할 때가 있다. 그렇기 때문에 여성이 다른 선택을 하는 드라마를 보여주는 게 중요하다. "여자들이 겪는 현실을 그대로 보여주는 게 왜 나쁘냐"는 질문을 종종 받는다. 오히려 그것을 드러내지 않는 게 판타지고 현실도피라는 얘기도 듣는다. 물론 현실에서 빈번하게 벌어지는 일이지만, 강간을 당하고 여성을 혐오하는 대사가 나오고 위협을 당하는 장면들에 끊임없이 노출되다 보면 여성들은 자신감을 계속 잃을 수밖에 없다. 여성은 언제나 피해자고 남성의 도움을 받고 민폐를 끼치는 대상이 아니라 현실을 이겨내는 걸 보여줘야 한다. 〈더 헬멧 – 룸스 Vol.1〉은 마음만 먹으면 여성 배우는 단 한 명도 나오지 않을 수 있는 연극이다. 서울 쪽은 군인이고, 시리아 쪽은 율법 때문에 여성이 활동을 못 하니까. 일부러 이런 선택을 굳이 하는 건 가치 있는 일이기 때문이다. 공연이 갖는 서사는 분명히 달라져야 한다.

가치 있는 일을 한다고 해서 불안하지 않은 것은 아니다.

〈더 헬멧 – 룸스 Vol.1〉을 쓸 때, 성별을 배제한 채 글을 쓰려니 인물이 보이지 않아서 쉽지 않았다. 내가 그렇게 살아오지도, 그렇게 써본 적도 없기 때문이다. 대본을 완성하고 나서도 여전히 아쉽다. 다른 것들도 마찬가지다. 태형 연출과 싸우는 것도, 서로가 잘하고 싶은데 불안하고 걱정되니까 그런 거다. 이게 실패하면, 우리는 다시 이 얘기를 꺼낼 수도 없고 다른 사람들도 이런 시도를 하지 못할 거라는 공포가 있으니까. 최선이 아니라 최고를 내놔야 한다는 압박이 있다. 문제는 그렇게 못 한다는 건데(웃음) 글 쓰는 걸 워낙 싫어하고. 그래서 고민이 많다. 요즘은 그 어떤 욕구도 없다. 하다못해 다이소를 가도 사고 싶은 게 없을 정도다. 그래도 아직 하고 싶은 얘기가 있으니 버티지 않나 싶다.

흥행에 대한 부담은 없나?

있다. 한편으로는 굉장히 과격한 실험도 일부러 해봐야 다른 팀들도 하고 싶은 대로 할 수 있다고 생각한다. 50까지 가려면 누군가는 100을 쳐줘야 한다. 대신 이 작업이 극단이거나 국공립단체에서 하는 것이었다면, 최선을 다해 만들면서도 우리의 불안은 조금은 낮았을 수 있다. 이 프로덕션은 상업제작사가 붙었기 때문에 솔직히 무섭다. 그나마 다행인 건, 이 실험을 제안한 게 이 회사라는 거다.(웃음) 단어가 모순이긴 하지만, 최대한 안정적인 실험으로 만들어서 다음 단계를 도모해야지 않겠나.

약자에 대한 차별은 오랫동안 굳어져 있는 문제이기 때문에 같은 이야기를 반복하는 과정이 지치진 않나?

엄청 피곤하게 사는 기분이다.(웃음) 그래도 다행히 내 주변의 같은 생각을 하는 동료들이 이런 행보에 지지를 보내고 물어봐준다. 나도 그 친구들한테 물어보면서 자기 검열을 하고, 주변에 좋은 여성 동료들도 많다. 그들의 가치가 저평가되거나 차별받지 않게끔 나도 잘해야 되겠다는 생각을 많이 한다. 이 세상엔 알고 나면 모른 척할 수 없는 것들이 있다. 강을 건넌 거다. 돌아갈 수 없다.

이후의 작업들은 어떤 기준으로 움직이고 싶은가.

남자들만 나오는 작품은 최대한 안 할 것 같다. 나의 노선을 이해해준 사람이 많지만, 남녀를 불문하고 역차별이라고 말하는 사람들도 많았다. 모두 내가 걱정돼서 하는 말이라는 거 안다. 하지만 나라도 안 해보려고. 이렇게 선언하는 것 자체가 되게 이상한가 보더라. 내가 〈모범생들〉을 썼으니까.(웃음)

어떻게 보면 한쪽의 가능성을 버리는 것이라고도 볼 수 있는데.

좀 더 구체적으로는 여성이 주인공인, 여성 중심의 서사를 만드는 게 내 첫 번째다. 아마 내가 일하는 것에 있어서 제안과 폭이 확 줄어들 거다. 그럼에도 남자만 나오는 작품은 안 한다는 건, 일종의 상징적인 결심인 셈이다. 그러나 이는 다른 한편으로 보면 오히려 다양한 가능성을 도모하고 있다는 의미이기도 하다. 어떤 시선으로 보느냐에 따라, 내가 어떻게 더 생각하고 상상하느냐에 따라 폭이 넓어진다. 그리고 넓혀야 한다. 내가 이 결심을 선언함으로써 안 그래도 못 버는 돈을 더 못 벌 수도 있지만 버틸 수 있는 데까진 버텨보는 걸로. 여러 사람들이 내 의지를 이해하고 같이 고민해준다. 이제 남자만 나오는 대본은 아예 안 준다.(웃음) 혼자서는 할 수 없는 일이지만, 이해해주는 사람들이 있으니까 할 수 있을 거다.

작가이자 한 개인으로 살아가는 삶은 어떤 모습이길 바라나.

롤 모델이나 멘토 같은 이름보다는 나는 그냥 나 자신이고 싶다. 내가 나 자신으로 살아가는 게 참 어려운 일이다. 특히 여성이거나 약자이면 더. 나부터가 그렇게 되어야 그런 세상이 빨리 올 수 있다고 생각한다. 어릴 때 영화 〈에이리언〉을 보고 충격을 받았다. 리플리는 엄마나 선생님 같은 내 주변의 여자들과는 달랐다. 그는 항해사였고 자신을 희생했고 심지어 우주선에서 고양이까지 구해 나왔다. 나에게 미래는 그 언니였다. 끝까지 포기하지 않고, 현명하고 기민하게 문제를 해결하고 책임감 있게 누군가를 보호하려 애쓰는 사람들. 지금도 그런 걸 꿈꾼다.

인터뷰·글 장경진

지이선의
물건

얼마 전 지이선에게는 네스프레소 커피 머신이 생겼다. 수시로 커피를 마시는 그를 위한 동생의 생일 선물이었는데, 이 커피 머신은 두 대가 될 뻔했다. 그와 가장 많은 작품을 함께한 연출가 김태형이 준비한 생일 선물 역시 커피 머신이었기 때문이다. 심지어 브랜드도 같았다. 가장 격의 없이 지내는 친구이자 서로의 장단점을 가장 잘 파악하는 동료인 두 사람이 함께 일한 지도 10년이 넘었다. 지이선은 "글 쓰는 것을 싫어한다"는 말을 자주 한다. 그런 그를 작가로 붙드는 것은 언제나 동료들이고, 그들에게서 큰 영감을 받는 지이선의 목표도 명확하다. "주변의 훌륭한 동료들이 저평가되지 않도록, 후배들이 여자라서 혹은 어리다는 이유로 차별받지 않도록, 더 많은 여성이 자신감을 얻고 앞으로 나아가도록." 때로는 그것이 과격하거나 공허하게 느껴질지라도 그는 자신만의 방식으로 여성들을 응원한다. 이것이 지이선이 낡은 노트북과 고양이, 따뜻한 커피 한잔과 함께 불면의 밤을 딛고 글을 쓰는 이유다.

글 장경진

기자·방송인

이지혜

온스타일 〈뜨거운 사이다〉는 출연진 소개에서
이지혜 기자를 '민감한'이라는 형용사로
수식한다. 누구보다 빠르고 민감하게 이슈를
읽어내고 설명해주는 기자의 역할을 부여하기
위한 형용사일 텐데, 의외로 어울린다. 11년 차
기자이며 영화 저널리스트인 이지혜는 현재
영화 전문 방송 외에도 다양한 프로그램에
출연하며 영화를 넘어 방송으로 자신의 영역을
넓혀가고 있다. 계속해서 세상과 주변 사람들에게
민감하게 반응하고, 같이 더 나은 방향으로
성장하려고 노력하면서.

약
력

2007 – 2015   〈매거진t〉, 〈텐아시아〉, 〈맥스무비〉 기자
2015 – 2017   네이버 V앱 '배우를 만나다' 진행
2017 – 현재   온스타일 〈뜨거운 사이다〉, Btv 〈영화추천관〉 출연

"소리 내서 말하고
지치지 않아야 한다."

이지혜
기자 · 방송인

함께 살아남기 위하여

이지혜

○

원래부터 기자를 꿈꿨나?

정확히 언제부터인지는 모르겠지만 일반 회사를 다닐 수는 없겠다고 생각했다. 그래서 준비했던 게 승무원과 기자였다. 국적기 승무원은 키 규정이 있어 해외 항공사 시험을 치렀는데 최종 면접에서 떨어졌고, 그래서 언론고시에 올인하게 된 거다. 엄청난 포부 같은 건 없었고 글 쓰는 건 좋아하고 또 할 수 있겠다고 생각해 기자를 지망했는데, 정말 엄청 떨어졌다.(웃음) 그러다 겨우 한 경제지에 편집기자로 입사했는데 1년을 다니다 보니 '안 되겠다, 여기 계속 있다가는 망가지겠다'는 생각이 들었다.

힘들게 들어갔는데 왜 그런 생각을 하게 됐을까?

〈뜨거운 사이다〉에서 공개하기도 했지만 성희롱이 있었다. 당시에는 그렇게까지 문제의식이 없는 상태였는데 돌이켜보면 정말 심각했다. 그런 상황을 알고도 회피하며 현상 유지만 하려는 조직을 견디기 힘들었다. 나는 게으른 사람이다. 그래서 주변 사람들에게 많은 영향을 받는데, 그 집단에 계속 있다 보면 가만히 앉아 자기 안위만 챙기려는 사람들처럼 될 것 같았다. 그때 판을 짜고 있었던 게 대중문화 판이었다. 제목을 잘 뽑는다는 평가를 받던 중에 기사를 직접 쓰라는 지시를 받았는데, 거기서 기사를 쓰는 건 도무지 재미있을 것 같지가 않았다. 그래도 대중문화에는 관심이 많으니까 어떤 기사가 좋고 재미있는지를 꾸준히 보고 있었다. 〈씨네21〉을 보는 중에 〈매거진t〉를 알게 됐고, 즐겨 보던 차에 편집기자를 뽑는다는 걸 알았다. 그렇게 지원했다.

어릴 때 꿈은 영화감독이었다고 알고 있다. 다른 선택지도 있었을 텐데.
그건 고등학교 때 영화를 좋아하니까 좋아하는 걸 만들고 싶다는 단순한 생각으로 꾼 꿈이었다. 그때는 좋아하면 무조건 만들어야 한다고 생각하지 않나. 영화를 좋아할 수 있는 방법이 다양하다는 걸 전혀 몰랐던 것 같다. 그래서 고3 때 영화과를 지원했는데 다 떨어졌다. 포기가 빠른 편이라서 마음이 굉장히 편해지더라.(웃음) 그리고 무엇보다 현실적으로 나는 창작자로서 재능이 없다는 사실을 파악하고 있었다. 대학에 다니면서도 여전히 영화를 좋아했고, 많이 봤다. 그때 〈씨네21〉 같은 잡지를 보며 '그래, 영화를 좋아하는 방법은 여러 가지지'라고 생각하곤 했다. 하지만 오히려 당시에는 몰랐고, 기자가 되고 보니 내가 영화기자를 할 수도 있지 않을까 싶어진 거다.

대중문화를 다루는 웹 매거진에서 편집기자로 활동하며 영화를 자신의 분야로 만든 경우인 셈이다. 〈매거진t〉의 경우는 취재기자들뿐만 아니라 편집기자들도 자신의 분야를 갖도록 하는 시스템이었다고 들었는데, 자신의 분야로 영화를 선택한 것인가?

네이버 테마 영화를 쓸 사람이 필요한 상황이었는데 취재기자들은 이미 일이 많았다. 영화에 애정이 있었던 당시 백은하 편집장의 배려로 내가 쓰기 시작했고, 내 일이 됐다. 테마 영화는 매체의 수익 면에서 중요한 일이었다. 나는 폐를 끼치는 걸 워낙 싫어하는 성격이라 공부하면서 글을 썼는데, 그게 재미있었다. 그리고 할 수 있겠다는 생각이 들었다. 사실 당시 〈매거진t〉는 TV 중심이라 영화는 우선순위가 아니었는데 영역을 넓혀가게 됐다. 테마 영화에서 리뷰로, 리뷰에서 인터뷰로. 결과적으로는 인터뷰하는 게 재미있어 계속 영화기자로 일하게 된 것 같다.

인터뷰의 어떤 점이 그렇게 재미있었나.

배우나 감독을 만나지 않아도 감독론, 배우론, 연기론은 쓸 수 있다. 그런데 사람을 만나서 내가 느끼는 인상이나 대화를 통해 얻게 되는 것, 그리고 그걸 또 인터뷰라는 하나의 글로 만들어서 대중에게 전달하고 피드백을 받는 건 혼자서 글을 써서는 절대 경험할 수 없는 것이다. 그게 나에게는 중요했다. 편집기자의 일은 혼자 원고를 받아서,

그 원고에 대해 생각하고 제목을 뽑는 식으로 모니터 앞에 혼자 앉아 뭔가를 만들어내야 하는 종류의 것이다. 하지만 인터뷰는 상대에 따라서 결과물이 달라진다. 게다가 나의 인터뷰이는 배우 아니면 감독인 경우가 대부분인데, 이들은 현실에서 쉽게 만날 수 없는 매력과 능력치를 가진 사람들 아닌가. 이런 사람들을 만나고 매력을 느끼는 일은 중독적인 면이 있다.

〈매거진t〉와 〈텐아시아〉를 거쳐 〈맥스무비〉에서 일했고, 이제는 프리랜서가 됐다. 이 과정에서는 어떤 변화가 있었나.

내 삶에서 계획을 세우고 의도해서 선택한 건 거의 없다. 상황이 나를 그렇게 이끌었고, 살아남으려면 그럴 수밖에 없었다. 〈맥스무비〉에서는 월간지 마감이 처음이기도 했고 여러 가지 면에서 피로도가 높았다. 1년을 지내는 동안 몸이 무척 안 좋아졌다. 효율적으로 일할 수도 있을 것 같은데 마감이 바로 닥쳐오니까 그걸 고민할 시간이 없고, 끊임없이 육체와 정신이 피폐해지는 거다. 일을 그만두는 것 외에는 대안이 없었다. 이전 매체들과 다르게 소속감이 강한 편이 아니었고, 사람들에게서 긍정적인 자극을 받는다거나 하는 상황도 아니었기에 오히려 일을 그만두는 건 어렵지 않았다. 계획 없이 쉬려고 했지만 일을 안 할 수는 없어 프리랜서가 된 거다.

프리랜서의 삶도 녹록지 않았을 텐데.

출근을 안 한다는 건 좋았다. 회사에 소속되고, 출근을 하고, 사무실 안에 있으면서 보고 싶지 않은 모습이나 상황을 군이 봐야 하는 환경에서 벗어날 수 있다는 점도 좋았다. "수입 면에서 걱정되는 점이 있지 않느냐"는 질문을 종종 받는데, 생각했던 것처럼 많이 불안하지는 않았다. 첫 직장을 제외하면 내가 지내온 회사들이 대체로 안정적이지 않은 편이라 월급이 안 나오기도 했고, 회사가 망하기도 했다. 그 과정에서 어떻게든 다 살게 된다는 걸 좀 배웠나 보다. 그리고 고정수입이 없다는 사실을 아쉬워하기에는 월급이 너무 알량했다.(웃음) 한 번이라도 글을 써서 돈을 벌어본 사람은 원고료가 얼마나 적은지 안다. 그래서 오히려 수입 문제보다는 매체에 소속되지 않은 경우 인터뷰와 같은 기회가 적어진다는 점이 더 어려운 부분이었다.

잡지계가 워낙 비혼율이 높고 기혼 여성이 적은 집단이다. 일을 하면서 스스로 기혼 여성인 것을 의식하는 경우가 있나?

많이 의식하는 편이다. 기혼 여성이어서인지 아니면 남편이 영화감독(〈불신지옥〉, 〈건축학개론〉 이용주 감독)이어서인지는 잘 모르겠는데, 아마도 후자일 거라고 생각한다. 어디서든 누구 감독의 부인이라고 소개하니까 결혼 후에는 스트레스를 받았다. 나도 여기서 나름대로 경력이 있는 사람이니 이지혜 기자라고 소개하면 되지 않나. 그런데 사람들은 내가 누구의 아내인 걸 더 중요하게 여기더라. 그럴 때면 기분이 좋지 않지만 어느 순간부터는 이게 사회생활의 속성이라고 생각하고 있다.

그런데도 여전히 스트레스다.(웃음)

영화지를 포함해 잡지의 경우 일간지나 방송과는 달리 여자 기자가 훨씬 많은데, 그 이유가 급여가 적기 때문이라고 한다. 이 이야기에 동의하나?
맞다. 그 급여를 받겠다고 남자들이 지원하는 경우는 드물다. 언론고시를 준비하면서 예비 언론인 과정에서 함께 공부한 사람들 중에 지금 현업에 있는 남자들은 다 방송사 아니면 일간지에서 일한다. 그쪽이 아니라면 아예 지원조차 하지 않는 경우가 많다. 함께 공부한 여자들은 일을 관둔 경우가 대부분이고, 일을 하는 경우는 PD 정도다. 아니면 나처럼 잡지 쪽이다. 잡지 쪽으로 넘어오면 여자들이 훨씬 많지 않나. 이건 임금 문제를 언급하지 않고서는 설명 할 수가 없다.

그럼에도 영화기자나 평론가로서 이름을 떨치는 건 남자들이 많지 않은가.
우리나라의 어느 업계나 마찬가지다. 요즘 방송을 하면서 느끼는 건데, PD나 작가가 모두 여자여도 책임 PD인 CP는 남자다. 책임자가 남자인 시스템인 거다. 이건 결정권자가 여자로 바뀌지 않는 이상 아무리 아래에서 말을 해도 바뀌지 않는 고질적인 문제다.

여전히 영화지를 포함해 잡지의 효용이 없어졌다는 이야기가 꾸준히 나오고 있고, 날이 갈수록 대중은 전문가를 신뢰하지 않는다. 실제로 영화지 수도 줄어들었고. 이런 변화에 대해서는 어떤 생각을 가지고 있나?

잡지가 어렵다거나 영화 기사를 사람들이 원하지 않는다는 말은 내가 이 일을 처음 시작할 때부터 있었던 이야기다. 하지만 영화 기사, 기자가 필요 없어진 게 아니고 변한 거다. 기획력과 큐레이팅 능력이 더 중요해졌고, 대중은 이전과는 다른 방식의 글을 원하는 상황인 거지. 읽히고 싶다면 그 방향을 고민해야 한다. 변화를 분명히 느끼지만 잡지 매체의 몰락이나 영화 매체에 대한 수요가 없다는 식으로 분석하고 싶지는 않고 긍정적 변화를 도모할 수 있는 시기라고 말하고 싶다.

영화 전문 기자의 역할 역시 글보다는 관객과의 대화를 비롯한 행사 진행자로 변해가는 것처럼 보이기도 하는데.

나의 경우는 매체에 있던 막판에 전반적으로 글을 쓰는 것에 만족도가 떨어지는 상황에서 관객과의 대화를 진행하는 기회가 찾아왔다. 사람들 앞에서 말하는 걸 부담스러워하지 않는 편이라 의외로 편했고, 신선함도 있었다. 프리랜서가 된 후에는 원고보다 관객과의 대화라든가 영화 행사 진행 일이 더 많이 들어왔고, 그러던 중 네이버의 '배우를 만나다'를 하게 됐다. 개인적인 만족도가 높은 작업이었다. 그때 나는 인터뷰를 좋아하기도 하고 잘할 수도 있다는 자신감이 생겼다. 글에서 영상으로 주력하는 분야가 변화한 게 내 의지는 아니었다. 변화의 물결에 휩쓸렸을 뿐?(웃음) 급변하는 미디어 환경에서 생존하기 위한 자구책이었던 거다. 선택지가 하나밖에 없으니까. 나는 늘 그런 식이다. 게으른 모범생. 야망이나 의지를 가지고 잘하려고 하기보다는 같이 일하는 사람들에게 폐를 끼치지 않고 싶어 노력해왔다. 지금까지 잘하는 사람들과 일했기 때문에 그 수준에 맞추려고 안간힘을 쓰면서 여기까지 왔다.

인터뷰어로서 본인이 특별히 장점이라고 느끼는 부분이 있다면?

내가 생각하는 장점이기도 하고 나를 만났던 배우나 감독들이 하는 말이기도 한데, 편하다는 거다. 내 스스로도 인터뷰가 잘 됐다고 느껴질 때 만난 배우들은 안 하던 농담도 하고, 내 앞에 있으면 편해진다는 말을 꼭 전하곤 한다. 그게 어떻게 보면 단점이기도 하다.

왜 단점일까?

편하다고 무조건 좋은 인터뷰가 나오는 건 아니기 때문이다. 뾰족하게 날을 세워야 인터뷰가 잘 나올 수 있는 인터뷰이도 있다. 그런데 나는 천성이 사람들이 불편해하는 말을 하지 못한다. 그래서 날을 세워야 하는 경우에는 긴장을 심하게 한다. 그럴 때는 편해지지도 않고 논쟁적이지도 않고 어중간한 인터뷰가 나오는 거지. 하지만 반드시 논쟁적인 이야기를 하는 것만 의미 있다고는 생각하지 않는다. 나는 내가 잘하는 걸 더 잘 해나가고 싶기 때문에 편안한 분위기에서 의미 있는 이야기를 하려고 한다.

2015년에 채널 CGV 〈무비스토커〉에 출연했고, 이후 Btv 〈영화추천관〉

을 진행하고 있다. 그리고 영화에서 영역을 넓혀 온스타일 〈뜨거운 사이다〉에도 출연 중인데, 방송의 매력은 어디에 있다고 생각하나?

돈이 된다. 글을 쓰는 것과는 비교할 수 없을 만큼 많은 돈을 받는다는 점이 가장 큰 매력이다. 노동에 대한 정당한 대가를 그나마 받는 느낌이 든다. 하지만 개인적으로는 글이 아닌 말이기 때문에 언제든 실수가 있을 수 있고, 그런 실수가 편집에서 혹시 걸러지지 않을 수도 있다는 공포도 있다. 다행인 건, 방송은 혼자 만드는 게 아니라는 점이다. 제작진도 있고, 같이 출연하는 사람들도 있고. 결국 나는 공동 작업을 좋아하는 것 같다. 방송은 팀으로서 하는 일이고 피드백도 바로 받을 수 있다. 혼자 글을 쓰면서 일하면 피드백이라고 해도 댓글이고, 고료는 언제나 사람을 지치게 한다. 방송을 하면서 동료의 피드백을 받는 것이 나에게는 매우 중요하다는 것을 알았다. 작가나 PD, 촬영팀이 존재하고 그들에게서 계속 힘과 피드백을 얻고 뭔가를 같이 만들어간다는 느낌이 좋다. 사람들과 팀이 되어 일한다는 느낌 말이다. 그래서 계속 해나가고 싶다.

〈뜨거운 사이다〉는 영화를 넘어 사회 전반 이슈를 다루는 프로그램이다. 어떤 부분 때문에 출연을 결정했나?

우선 여성들이 주체가 되어 여성들의 이야기를 하는 토크쇼라는 점만으로도 출연해야겠다고 생각했다. 내가 보고 싶었던 게 그거니까. 그 다음으로는 인지도가 필요했다. 프리랜서는 일을 많이 하고 싶다고 할 수 있는 게 아니고, 프로젝트를 스스로 만들지 않는 이상 일이 들어와야 할 수 있다. 거기서 플러스 요소로 작용하는 게 바로 인지도다. 그러기에 TV 방송만큼 적합한 매체는 없다.

앞에서도 언급했지만 방송은 그만큼 위험도 높은 매체다. 〈뜨거운 사이다〉는 이름만큼 뜨거운 이슈를 다루기도 하기 때문에 방송의 리스크에 대해서도 고민했을 것 같은데.

무엇보다 내가 페미니즘에 관심이 있으니까 여성들에게 긍정적인 영향을 끼치고 싶은데, 나 자신의 부족함으로 잘못된 용어를 사용한다거나 이상한 표현을 하는 식의 잘못을 저지르지는 않을까 걱정을 많이 했다. 하지만 막상 해보니까 멘털을 관리하는 게 제일 중요하다는 결론이 나왔다. 어느 정도는 면역이 됐다고 생각했는데도, 녹화 전에 사례를 찾아보고 공부하는 과정에서 이미 멘털이 흔들려 정말 힘들었다. 몰카를 예로 들면 남자들에게는 그냥 사회 이슈인데, 여자들에게는 몰카 속에 있는 사람이 나인 거다. BJ가 여성 살해 위협을 하면, 내가 위협을 당하는 거다. 〈뜨거운 사이다〉 출연진들은 평소 쉬는 시간에도 끊기지 않을 정도로 이야기를 계속 이어가는데, 몰카 이슈를 이야기하는 날에는 아무도 쉽게 입을 떼지 못했다. 아무리 베테랑 방송인이라고 해도 여기서 내가 말한다고 해서 바뀌는 게 있을까 하는 절망감이 있는 거다. 앞으로도 계속 그런 순간들이 올 텐데, 거기서 내가 더 소리를 내서 계속 말해야 하고 그러기 위해 지치지 않아야 한다는 점에서 멘털 관리가 가장 중요할 것 같다.

〈뜨거운 사이다〉에서 이슈를 거시적으로 보고, 시스템의 문제에 대해 고민하는 모습을 많이 보여주었다. 페미니스트로서 사회현상을 볼 때, 어떤 것이 도움을 주는가?

나는 시야가 좁아 큰 그림을 그리지 못하고 미래의 계획을 세우지 못하는 전형적인 소인배다. 그래서 주변 사람의 영향을 많이 받는다. SNS도 있지만 친구들에게도 많이 물어보고, 그들이 추천하는 책도 보고 공부하려고 한다. 내 시각이 거시적인 게 아니라 오히려 좁아서 인식할 수 있었던 것 같다. 사회생활을 하면서 느낀 부당함, 불편함, 기분 나쁜 어떤 점들에 대해 설명할 수 있는 언어가 이제는 생긴 거지. 그게 페미니즘이다. 그래서 속이 후련하고 기쁘기도 하면서, 이전에는 보지 못했던 것들이 보이고 불편하니까 괴롭고 힘들기도 하다. 그래도 모두들 괴로워하면서도 긍정적인 변화를 끌어내고 있다는 게 느껴지고 또 보이니까 힘들어도 계속 가게 되는 것 같다.

방송에서든 지면에서든 기회가 된다면 다루고 싶은 이슈가 있나?

다이어트. 최근 12년 사이에 남자는 과체중이, 여자는 저체중이 늘어났다고 한다. 사회에서 여성의 몸에 가하는 제재가 분명 존재하고, 남자와는 기준이 다르다는 걸 보여주는 지표인 거다. 나도 다이어트를 숨 쉬듯이 하는 사람으로서 내가 왜 이렇게까지 된 건지 생각해보곤

하는데, 내가 원하는 것도 있지만 절대 그것만으로는 설명할 수 없다. 그럼 이건 누군가를 착취하는 구조인데, 이제 이 부분에 대해 이야기해야 할 때라고 느낀다. 영화 이슈로는 내가 사랑하는 여성 캐릭터들에 대한 이야기를 하고 싶다. 여성이 의미 있는 캐릭터로 등장하는 영화가 많지 않은 것은 사실이지만, 그래도 내가 사랑하고 내게 많은 영향을 끼친 캐릭터들이 분명 있다. 그 이야기를 하고 싶다.

새로운 프로그램에 출연하게 됐다고 들었다.

국회방송 〈영화 톡 정치 톡〉이라는, 영화를 통해 정치를 알아보는 프로그램이다. 아마도 〈뜨거운 사이다〉에서 사회 이슈에 목소리를 낸 덕분에 출연할 수 있게 된 것이 아닐까 생각한다. 매주 영화를 통해 정치, 권력 같은 가치들을 살펴보는 작업에 흥미를 느끼고 있다.

동료들에게 하고 싶은 말이 있다면?

이건 하고 싶은 말이라기보다 다짐이고, 고민이다. 프리랜서가 되어 어떤 보호막도 없는 상태로 일해보니 그동안 내가 앞서 일했던 선배들에게 받은 게 많았다는 걸 알게 되었다. 프리랜서가 되기 전에는 몰랐는데, 알고 보니까 나는 앞서간 사람들이 걸어간 길을 따라가고, 어떻게든 그들을 따라 콘텐츠를 만들면서 그들이 준 열매를 따먹고 있었던 거였다. 그러면 나는 지금까지 뭘 했을까? 그냥 그들이 준 열매를 따먹기만 한 건 아닐까? 지금은 내 다음에 올 사람들에게 어떻게 열매를 따먹게 할 수 있을지 고민하고 있다. 소극적으로는 원고료 기준을 정하고 그 이하로 고료를 주는 글은 쓰지 않는 것이고, 크게는 여성 이슈에 대해 계속 말하는 것이다. 피곤하고 그만 이야기하고 싶을 때도 있는데, 내가 할 수 있는 게 그거라면 그걸 계속해야 한다. 쌀로 밥을 짓는다는 식의 당연한 이야기라 해도, 그걸 계속하는 것 자체가 의미가 될 수 있지 않을까 생각한다. 그러다 보면 또 다른 기회가 열리고, 나도 생존하기 위해 또 다른 무언가를 할 수 있게 되겠지.

포털 사이트의 기자 소개를 보면 '영화가 있어서 다행인 사람'이라고 되어 있다. 영화가 있어서 다행이라고 생각한 순간이 있다면 언제일까?

돈 벌어서 먹고살 때?(웃음) 약력이나 영화 대사로 멋지게 소개한 사람도 있었는데 나는 아무리 생각해도 멋있는 건 못 쓸 것 같았다. 그래서 '영화가 나에게 뭘까'를 고민해봤는데, 무엇보다 영화가 있어서 다행이라는 생각이 먼저 들었다. 나는 싫은 것도 많고 싫증도 잘 느끼는 사람이다. 뭔가를 오랫동안 좋아한 건 영화 말고는 거의 없다. 엄청 뜨겁지는 않지만 나의 온도로는 신기할 정도로 오래, 깊게 좋아하고 있는 게 영화다. 그래서 다행이라고 썼던 건데, 지금 직업인의 입장에서 봤을 때는 정말, 정말 다행이다. 영화가 없었으면 도대체 나는 어떻게 벌어먹고 살았을지. 영화 덕분에 사랑하는 사람도 만났고. 그러고 보니 정말 아낌없이 주는 나무였네.(웃음)

앞으로 계획은?

이제껏 그래 왔고 앞으로도 그럴 것 같은데, 계획은 없다. 오랫동안 일하고 싶으니까 주어지는 것들, 내가 할 수 있는 것들을 계속할 수 있도록 생존하는 수밖에 없다고 생각한다. 앞으로 계획은 생존이다.

인터뷰·글 윤이나

OBJECT STORY

이지혜의
물건

해외 직구로 구매한 생리컵 프리컵

이지혜의 별명 중 하나는 '생리컵 전도사'다. 온스타일 〈뜨거운 사이다〉의 티저 영상에서 마치 간증이라도 하듯 생리컵의 위대함을 절절히 쏟아낸 뒤부터다. 지인이 강력히 추천했지만 망설이던 차에 지난 초여름 더위가 오기 전 문득 때가 되었다고 느꼈다. 그때부터 이지혜의 삶은 생리컵 경험 이전과 이후로 나뉘었다. "신세계예요. 원래 하던 대로 일을 할 수 있으니까요." 원래대로 일을 한다는 것은 옷에 무언가 묻어나지는 않았을지, 냄새가 나지는 않을지, 화장실에 갈 타이밍을 놓친 건 아닐지 걱정하지 않고 여느 때와 같이 자연스럽게 일을 한다는 의미다. 그 어떤 걱정도 없이 편안하게 몸을 움직이면서. 이 보통의 감각이 생리 기간에는 얼마나 멀게 느껴지는지, 여자들이라면 알 것이다. 그의 후기에 동료 영화배우 이영진을 비롯해 지인 여럿이 '생리컵이 있는 삶' 속으로 들어왔다. 젊은 여성 대부분이 한 달 중 3일에서 7일을 호르몬과 전투를 벌이는 데 쓰고 있다. 그 에너지를 제대로 일하고 생활하는 데 쓸 수 있다면, 일하는 여자들의 삶은 분명 더 나아지지 않을까? "그러니까 딱 한 번만 써보세요." 이 정도로 간절한 경험담이라면 귀 기울여볼 가치가 충분하지 않은지.

글 윤이나

우해미

워킹맘으로 사는 일은 보통 사람의 24시간을
자신의 방식대로 수없이 쪼개 몇 사람 분의 몫을
해나가는 것과 비슷하다. 우해미 역시 디자인,
공연 등의 전문 잡지에서 8년간 에디터로
일해오다 지난 2015년 동업자와 함께 뉴프레스를
창업했다. 그 이후 키즈 쇼핑몰까지 론칭해 현재
여성으로, 엄마로, 한 브랜드를 책임지는 대표로
그 누구보다 바쁜 오늘을 보내고 있다.

2015 – 현재   뉴프레스 공동대표
2016   뉴프레스 자체 웹 매거진 〈포스트 서울〉 론칭
2017 – 현재   토털 키즈 쇼핑몰, 메종 드 서플라이 대표

"아이를 사랑하지만,
나에게는 내 삶이 있다."

우해미
뉴프레스 공동대표

일과 삶의 균형

우해미

사회생활은 어떻게 시작하게 되었나?

미술 잡지 에디터가 사회생활의 첫 시작이었다. 미술사학을 전공했는데 보통은 큐레이터로 미술관에서 일하는 경우가 많다. 그런데 미술관에서 인턴을 해봤더니 미술관의 경직된 분위기와 내 성격이나 적성이 맞지 않는다는 느낌이 들었다. 그때가 이미 졸업한 상황이었기 때문에 다른 일을 찾아봤더니 미술 잡지가 있더라. 미술을 전공했기에 모르는 분야는 아니니 할 수 있을 것 같아 에디터로 일을 시작했다. 해보니까 역시 잡지 일이 미술관 일보다 훨씬 성격에 맞았다.

잡지 일의 어떤 부분이 자신과 맞다고 느꼈나?

당시에는 글을 쓰는 사람으로서 기자였다기보다는 편집하는 사람으로서 에디터에 가까웠던 것 같다. 기획을 해서 원고를 청탁하고, 사진을 찍고, 편집을 하는 과정에서 무형의 아이디어가 눈에 보이는 형태로 만들어지는 것이 정말 짜릿했다. 내가 '미술' 잡지보다는 미술 '잡지'를 원했다는 걸 깨달았다고 해야 할까. 담고 있는 콘텐츠에 대해 전문적으로 파고드는 게 아니라, 다양한 콘텐츠를 모아서 잡지라는 형태로 만든다는 게 좋았다. 잡지사의 시스템은 대개 비슷하다. 그 안에서 일하는 사람들에 따라 차이가 나는 거다. 내가 좋아하는 일이 잡지를 만드는 일이라는 걸 알았기 때문에 계속 잡지를 만드는 사람으로 남고 싶은 마음이 컸다. 미술 잡지 이후 디자인 전문지인 〈디자인넷〉으로, 또 그다음에는 공연 전문지 〈씬 플레이빌〉, IT 분야의 잡지 〈스터프〉로 이직하면서 잡지 에디터로만 8년을 일했다.

그렇게 좋아하는 잡지 만드는 일을 그만둔 이유는 무엇일까?

할 수만 있다면 계속하고 싶었다. 하지만 알다시피 오프라인 잡지는 어떻게 보면 사양 산업이다. 앞에서 잡지사의 시스템이 비슷하다고 말하지 않았나. 근무 환경이 도무지 개선되지 않았다. 다녔던 잡지사 중에서 남은 건 오직 〈씬 플레이빌〉뿐이고, 계속 소진되어 가며 일하는 게 슬펐다. 일이 좋아서 다니고 있었지만 나이와 현실 문제도 생각해야 했고, 결혼한 뒤에는 아이를 갖고 싶어 하던 중이었는데 잡지 일이 일상을 어렵게 만드니까 예민해질 수밖에 없었다. '내 가치가 이것밖에 안 되나?' 하는 고민이 따랐다. 그래서 프리랜서로 일하게 됐다. 그 중간 과정에 있었던 〈스터프〉는 어느 정도 개인의 편의를 조절해가면서 일할 수 있었는데, 〈스터프〉마저 문을 닫는 상황이 오니까 딱 이 질문과 맞닥뜨리게 된 거다. '잡지 일을 계속해야 될까?'

뉴프레스로 창업한 건 그 질문에 대한 답이었을까?

정확한 답이라기보다는 다른 시도? 현재 뉴프레스의 동업자인 임나리는 나이가 비슷하고 기혼자에 당시 이미 아이도 있었다. 나는 아이를 갖고 싶어 했기 때문에 서로의 상황을 이해할 수 있었다. 둘 다 가정을 돌보면서 일하고 싶은 마음이 컸던 거다. 그래서 시작할 수 있었다.

웹 매거진 〈포스트 서울〉이 뉴프레스를 대표하는 콘텐츠라고 할 수 있을 텐데, 이 외에는 어떤 일을 하나?

처음부터 〈포스트 서울〉을 만들려고 했는데 창업과 동시에 바로 시작할 자본이 없었다. 그래서 클라이언트 잡을 먼저 하게 됐다. 현대카드 기업 블로그 콘텐츠, 모나미 브랜드 북, 리조트업체의 콘텐츠 등을 만들었다. 잡지사에서 원래 하던 일이다. 기획하고 책 만들고. 이런 일들로 먼저 수익을 낸 후에 〈포스트 서울〉을 론칭했다.

두 명이 감당하기에는 벅찬 양의 일은 아니었나?

아직까지는 수용할 만한 정도다. 사실 이 부분이 딜레마다. 지금까지는 들어오는 일의 양이 두 사람이 감당할 수 있는 정도인데, 여기서 더 확장하려면 또 다른 직원을 쓸 수밖에 없다. 그러려면 당연히 수익을 더 낼 수 있는 클라이언트 잡을 찾아야 한다. 그런데 지금 우리 두 사람 모두 육아를 하고 있는 상황이다. 아이가 커가는 과정에서 언제까지 엄마가 필요할까? 우리는 이 점까지도 고려해야만 한다. 그래서 딱 우리가 감당할 수 있는 만큼만 하려고 한다.

두 사람 모두 에디터 출신이라 클라이언트 잡에 익숙했겠지만 협업의 모든 과정을 컨트롤하는 것은 쉽지 않았을 듯하다.

원래 에디터들이 '곤조'가 있다. 하지만 나는 일을 하면서 이건 당연히 보는 사람이 있고, 그러니 그들이 읽기 쉽고 또 원하는 글을 써야 한다고 믿는 성향이다. 다행히 동업자도 마찬가지였다. 물론 처음에는 클라이언트들이 너무 재단하려고 하는 게 아닌가 하는 생각도 들고 어려움이 있었지만, 지금은 비교적 열린 태도를 갖게 되었다. 조율을 해나가는 과정에서도 보람을 느끼고, 결과물에 분명 우리 기획이 들어가 있고 그런 것들이 쌓이니까 또 거기서 오는 쾌감도 있다.

동업의 어려움도 있지 않은가.

동업하면서 끝이 안 좋은 경우를 많이 봤다. 우리도 사람이니까 좋기만 한 건 아니다. 하지만 친구로서 서로를 보기보다 파트너로서 접근하면 단순해진다. 당장 내야 할 세금이 있고 인건비가 있는데 감정 소모, 시간 낭비할 필요가 없다는 사실에 둘 다 동의하는 게 중요하다. 영역이 정확하게 나누어져 있으면 동업이 조금 더 편할 수는 있었을 텐데, 우리의 경우는 에디터로 업무 영역이 같으니까 상의할 게 많기는 하다. 그 과정에서 갈등이 없을 수는 없다는 사실을 인정하고 그걸 어떻게 헤쳐가느냐에 동업의 성패가 달려 있다고 생각한다.

일을 해나가는 데 뉴프레스만의 기준이 있다면?

정확한 기준은 없다. 고맙게도 우리가 프리랜서로 독립한 뒤에 영업을 많이 하지 않았는데도 우리가 수용할 수 있는 정도의 일이 무리하지 않게 들어왔다. 하고 싶다, 재미있겠다 싶은 일이 들어와 신기했다.

에디터로 일하면서 쌓아온 인맥이 영향을 미쳤을까?

사실 회사생활을 오래 한 사람들이 독립해서 자기 이름으로 일하면 처음에는 일이 들어온다. 문제는 그 일을 어떻게 지속 가능한 형태로 이끌고 갈 것인가다. 시작은 인맥이지만, 이어가는 것은 노력과 능력의 문제다. 연결되던 실무자가 퇴사하면 거기서 끝인데, 그런 상황에서는 어떻게 자생해야 할까? 우리도 여기까지는 오긴 왔는데, 이제부터가 문제라고 생각한다. 〈포스트 서울〉은 웹 매거진이지만 수익을 생각하지 않고 시작한 건 아니다. 〈포스트 서울〉 자체가 하나의 포트폴리오이기도 하다. 그래서 이걸 또 다른 클라이언트 잡과 어떻게 이어갈지도 고민 중이다.

에디터 개인으로서의 영역을 보면 미술에서 디자인, 공연, 기기와 관련

된 잡지를 하다가 라이프스타일로 이동했다. 라이프스타일에 대해서는
원래 관심이 있었나?

말이 거창할 뿐 '라이프스타일'은 그냥 일상이다. 어릴 때부터 크게는
주거 문화, 방을 꾸미는 것, 다른 사람들의 집이 어떤 모양을 하고 있
는지를 보는 것에 관심이 있었다. 그리고 라이프스타일이 궁극적으로
는 문화와 이어진다고 생각했다. 사실 처음에는 오프라인 라이프 매
거진을 만들고 싶은 꿈이 있었다.

그런데 웹 매거진으로 만든 이유는 무엇인가?

우리가 꿈꾼 건 정형화된 라이프 매거진이라기보다 사는 사람이 드러
나는, 사람을 닮은 집을 소개하는 잡지였다. 인테리어가 좋은 집이 아
니고 사람이 보이는 집. 근데 네 번 정도 만들면 돈이 없겠더라. 그리
고 과연 승산이 있을까? 우리가 좋아하는 것만 할 나이나 경력이 아니
라고 생각했다. 우리가 만드는 콘텐츠로 돈이 될 수 있다는 걸 보여줘
야겠다는 생각도 있었다. 그런데 우리가 많은 양의 콘텐츠를 소화할
수 있는 생산자는 아니니까, 그렇다면 웹이 낫다는 판단이었다.

그렇게 보니 아카이브로 〈포스트 서울〉을 보면 콘텐츠 카테고리 나누는
방식이 특이한 것도 이해가 된다.

현재 카테고리는 세 개다. 원래는 집(APARTMENT), 일하는 곳(WORK-
PLACE) 두 개였다. 거기에 2017년에 서울 기반의 창작자, 브랜드를 만

드는 사람들을 소개하는 사람(MAKERS)을 추가했다. 인터뷰이는 한 브랜드를 이끄는 사람일 수도 있고, 문화 기획자일 수도 있다.

우선은 〈포스트 서울〉 중 '집(APARTMENT)' 카테고리를 모아 2017 애뉴얼 단행본을 만들었고 좋은 반응을 얻었다.

물성을 가진 책의 존재가 독자에게 신뢰를 줄 수 있기 때문에 처음 기획부터 책을 염두에 두고 있었다. 웹이 사라져도 책은 남으니까. 웹 매거진으로 아카이빙, 저장을 해두고 그걸 모아서 연(年) 단위로 책을 내는 기획이었다. 사람들은 이제 소장하고 싶은 책을 원하기 때문에 소장하고 싶은 독자들을 위해 책의 퀄리티를 높였고 그래서 좋은 결과를 얻을 수 있었던 것 같다. 앞으로도 일하는 곳, 사람 순으로 다음 편을 낼 계획이다. 역시 연(年) 단위로 나오게 될 것 같다. 컬러 역시 〈포스트 서울〉 로고의 시그너처 컬러로 잡을 만큼 시리즈를 마음에 두고 디자인과 기획을 했다.

웹 매거진의 이름이 〈포스트 서울〉인 이유는?

콘텐츠가 오직 서울 기반은 아니다. 서울은 일종의 상징이라고 할 수 있다. 〈포스트 서울〉 페이지를 보면 한글과 영어가 병기되어 있는데, 그 이유는 처음부터 외국인도 주 독자로 상정했기 때문이다. 외국인에게는 한국이라고 말할 때와 달리 서울이라고 할 때, 한국의 공간이 더 뚜렷하게 인식된다고 생각했다. 해외여행을 가면 동아시아, 동남아시아 도시들만 봐도 도쿄나 방콕같이 고유하고 다양한 주거 문화를 소개하는 콘텐츠가 많지 않은가. 하지만 한국 하면 오직 한옥뿐이고, 콘텐츠가 거의 없다. 그래서 이 콘텐츠가 외국에 나갔으면 하는 마음이다.

현재 육아와 일을 병행하고 있다. 쉽지 않을 텐데.

정말로 겪어보지 않으면 모른다.(웃음) 임신한 동안은 오히려 힘든 걸 몰랐고, 아이가 세상에 나오고 나니까 변수가 정말 많아졌다. 그래도 동업이라 좋은 건 언제든 '백업'이 있다는 점이다. 내가 안 되면 다른 사람이 있다는 게 힘이 된다.

아이를 낳은 뒤 일한다는 것은 이전과는 전혀 다른 느낌일 것 같다.

사회적 환경이나 인프라는 좋지 않다. 내 경우는 타이밍이 프리랜서가 된 다음이었기 때문에 시간 조율이 가능하지만, 그렇지 않을 때가 많으니까. 쉽지 않지만 나는 계속 일을 할 것이다. 아이를 너무나 사랑하지만 언젠가 아이는 내 품을 떠날 것이고, 나에게는 내 삶이 있다. 독립 후 가장 좋은 점은 내가 일상의 균형을 스스로 맞출 수 있다는 것이다. 회사를 다니면서는 불가능했겠지. 회사 다니면서 육아를 하는 사람들을 보면 얼마나 힘들지 보인다. 하지만 장단점이 있다. 나는 대신 고정 수입을 포기했다. 이런 것들을 자기 성향에 맞게 결정할 수 있는 환경이 조성되어야 한다.

'워킹맘'으로 따로 지원을 받는 것이 있나?

양육비라든지 어린이집과 관련된 비용 정도다. 사실 그런 것보다는 회사에서 남자 직원들에게 법적으로 허용된 육아휴직을 보장해주는 게 중요하다. 그런데 많은 회사가 분위기상, 선례상 육아휴직을 못 쓰게 한다. 육아는 부모가 함께해야 하는데 현실적으로 그게 불가능하다. 육아휴직을 한 사람에게 암묵적으로 불이익이 돌아가고, 대부분 결말이 안 좋은 걸 보면 정말 안타깝다.

경제적인 문제 때문이든 사회적인 경력을 이어가기 위해서든 여성이 일하지 않을 수 없는 환경일 때는 더 어려운 문제가 되겠다.

육아 도우미를 고용한 적이 있는데, 도우미 존재의 유무가 얼마나 차이 나는지 모른다. 아이를 보는 일 외에 집안일을 해줄 수 있는 사람이 있다는 게 어떤 의미인지 상상도 못 할 것이다. 일하는 와중에 육아와 그 외의 집안일까지 병행해야 하는 상황이면 어떻겠나. 전업주부인 경우에는 정말 의료적인 측면에서 정신 건강에 대한 지원이 필요하다고 생각한다. 나의 경우는 오히려 일을 하는 게 도움이 되었다. 사람을 만나고, 일에 집중하며 환기가 되는 것이다. 그게 안 되면 얼마나 힘들었을지 상상도 못 하겠다.

이렇게 바쁜 상황에서도 키즈 쇼핑몰을 론칭하고 일의 영역을 넓혔다.

아이를 낳기 전부터 아이들에게 관심이 있었다. 아이들만이 표현할 수 있는 색감과 분위기에 매력을 느껴 포토 스튜디오에서 스타일링 일을 한 적이 있다. 스튜디오 운영에는 아이들을 돌보는 일도 포함되어 있는데, 그때는 아이들을 돌보기보다는 비주얼적인 부분만 생각했다. 이후 아이를 낳고 육아를 하면서 그때 내가 잘못 접근했다는 생각이 들었다. 그러면서 자연스럽게 아이 옷을 판매하고 싶다는 생각을 했다. 나는 이미지를 좋아하고, 이미지를 만들어 그것을 브랜드로 만드는 일을 좋아한다. 현재의 쇼핑몰은 브랜드까지는 아니고 SNS를 기반으로 한 마켓 형식이다. 지금은 옷을 골라와서 판매하고 있지만, 나중에는 직접 제작하는 단계뿐 아니라 자체 제작 브랜드를 만들고 싶다. 직접 콘셉트를 정하고, 디자이너와 상의해 만들어가고 싶은 마음이 있는데 아직은 초석 정도라고 할 수 있다.

아이가 있다는 사실이 일에 도움이 되는가?
사실 〈포스트 서울〉도 라이프스타일에 오래 관심을 가져왔기에 내가 궁금해서 사람들을 찾아가고 만나면서 지속이 가능했던 거다. 아이를 낳기 이전에는 아이들이 실제로 원하는 게 무엇인지 나 역시 몰랐는데 육아의 세계로 들어가보니 무엇을 원하는지 보인다. 아이 옷에 왜 스냅 버튼을 다는지 알게 되고 눈길이 가게 된다. 그렇게 관심을 갖고 있는 분야의 일을 하는 것이 맞다고 생각한다.

일하는 여성으로서 앞으로의 계획은?

솔직히 지금까지 버텨온 것만으로도 잘했다 싶다. 우선은 〈포스트 서울〉의 다음 책을 내기 위해 콘텐츠를 채워나가려고 한다.

회사에 다니다가 독립을 해서 자신의 사업체를 내고 싶은 여성들에게 하고 싶은 말이 있다면?

독립해 사업자등록을 하고 나서 주변으로부터 제일 많이 들은 이야기가 "회사에 있을 수 있을 때까지 무조건 붙어 있는 것이 더 좋지 않겠느냐"는 말이었다. 그건 그냥 버티라는 말이 아니라, 안정적으로 고정 수입을 제공하고 소속된 곳에서 자신의 역량과 노하우를 더 쌓아가라는 의미다. 그래야 나갔을 때 흔들림 없이 탄탄하게 굴러갈 수 있으니까. 어떻게 보면 독립이라는 게 일을 하고 싶고 좋아하는 마음만으로는 불가능하다. 하다못해 종합소득세가 뭔지부터 알아야 한다. 독립한 사람들이 모이면 무조건 세금 이야기를 한다. 현실적으로 세금은 정말 중요한 문제이기 때문이다. 수익 이상으로 세금을 낼 수도 있다. 독립한 뒤에 '난 열심히 살았는데 내 인생은 왜 이 모양이지?' 이런 생각을 하지 않으려면 독립 이전에 이런 부분을 고민해봐야 한다. 밑 빠진 독에 물 붓기 하면 지칠 수밖에 없으니까. 더 재미있게 일하기 위해서, 더 준비하면 좋을 것 같다.

인터뷰 정명희
글 윤이나

우해미의
물건

메종 마르지엘라 타비 부츠

우해미 대표는 그의 SNS에서 볼 수 있듯, 사물을 보는 취향과 더불어 패션 센스 또한 남다르다. 그는 자신에게 무엇이 어울리는지 본능적으로 캐치해내는 사람이다. 그의 큰 키를 돋보이게 하는 간결한 디자인이되 독특한 소재의 룩을 즐겨 입고, 신발은 주로 편안한 플랫 슈즈를 신는다. 그러나 중요한 취재나 미팅에 나갈 땐 격식에 맞는 그러면서도 특별한 하이힐을 신는다. 그것은 다름 아닌 메종 마르지엘라 타비 부츠. "하이힐은 묘한 긴장감을 줘요. 하이힐 위에 올라서면 자세를 고쳐 잡게 되고 거기서 비롯되는 긴장감은 곧 일터로 향하는 자신 있는 몸가짐의 시작으로 이어지죠. 말투에도 영향을 미쳐서 취재에 필요한 톤 앤 매너가 장착된다고나 할까요." 그가 이 부츠를 유독 즐겨 신는 건, 일반적인 부츠 형태가 아닌 일본의 전통 신발을 변형한 앞코 포인트가 마음에 들어서이기도 하고 8센티미터의 높은 굽치고는 발이 무척 편해 장시간 이동하기에 무리가 없어서이기도 하다. 신기하게도 그와 취향이 맞고 생각이 비슷한 동료들은 이 부츠를 하나씩 소장하고 있다고 한다. 일부러 평범함을 거부하는 스타일은 아니지만 그의 지난 행적을 돌이켜보면 대부분 쉬운 길, 혹은 평범한 길을 선택하지 않았고 자신의 취향이 반영되는 콘텐츠를 꾸준히 생산해왔다. 이 부츠는 그런 그의 애티튜드를 고스란히 보여준다.

글 정명희

홍진아

두 개의 직장과 네 개의 프로젝트. 홍진아는
자신을 'N잡러'라고 소개한다. 빠띠에서는
콘텐츠 매니저 겸 캠페인 기획자로 일주일에
사흘을 일하고, 진저티프로젝트에서는 미디어
커뮤니케이션 담당자로 이틀을 일한다. 그리고
여성 혐오에 반대하며 관련 굿즈를 만들고
수익금의 일부를 여성 단체에 기부하는 프로젝트
'와일드블랭크'의 포장이사, 20대 여성과 30대
여성을 연결해주는 '외롭지 않은 기획자 학교'의
기획자, 소셜 투자 계모임 '디모스'의 멤버, 한
달에 한 번씩 페미니즘 스터디를 하는 '연희동
나쁜 페미니스트'의 멤버이기도 하다. 홍진아의
이름 앞에 붙은 'N'은 어떤 숫자로든 바뀔 수 있다.

2015 – 현재   와일드블랭크프로젝트 포장이사
2017 – 현재   빠띠 콘텐츠 매니저
2017 – 현재   진저티프로젝트 미디어커뮤니케이션 매니저
2017 – 현재   소셜투자계모임 디모스 멤버

"N개의 일이
서로 연결되어
내 삶을 만들어낸다."

홍진아
N잡러

실험하는 N잡러 홍진아

'N잡'은 어떻게 시작하게 된 건가?

원래 N잡을 상상했던 건 아니다. 처음부터 두 개의 직장에서 일할 수 있었기 때문에 가능했던 것도 아니고. 이런 방식의 일이 가능할지 몰랐기 때문에 2015년과 2016년에는 프로젝트를 많이 했다. 11월 한 달 동안 회사 퇴근 후 밤 12시까지는 프로젝트 업무를 한다든가…. 그때 병을 얻어서 컨디션이 좋지 않으면 아직도 귀에 염증이 생긴다. 당시에는 그 방법밖에 없는 줄 알았다. 나는 하고 싶은 게 많은 사람이니까 낮에는 회사 일을 하고, 밤에는 또 다른 일을 하자. 2016년까지는 그 두 가지가 서로 방해받지 않도록 하는 게 목표였다.

일하는 방식을 아예 바꿀 수 있다고 생각한 계기는 뭘까?

이전 직장에서 종종 에너지를 회사에 집중시키라는 메시지를 받았다.

'지금 나를 구성하는 건 이 조직만이 아닌데 회사가 그걸 이해하지 못하고 있구나, 여기서 나는 좀 이질적인 사람이구나' 싶었다. '일의 성과와 관련해서 인사고과에 반영하면 되지 왜 헌신을 요구하는 걸까'라는 생각도 들었고. 나의 고민도 시작됐다. 왜 이 직장이 전부인 것처럼 지내야 하지? 그렇게 회사를 그만두게 되면서 다섯 개 정도의 회사에서 이직 제안을 받았다.

현재 계약 관계로 일하고 있는 회사는 진저티프로젝트(이하 진저티)와 빠띠 두 곳이다. 어떻게 N잡을 설득했나.

두 곳 모두에서 일하고 싶었기 때문에 내가 물어봤다. 만약에 근무일수 조절이 가능하다면 다른 회사에 함께 다녀도 되겠느냐고. 양쪽 다된다는 답을 주었다. 진저티는 나뿐만 아니라 다른 구성원 모두가 일주일에 4일을 근무하고, 빠띠는 새로운 형태의 일에 대한 고민을 하고 있던 상황이라 네다섯 번 정도 메일을 주고받으면서 근무 형태를 조정했다. 그러니까 회사를 그만둘 때부터 '두 개 혹은 세 개의 일을하자'라고 마음먹었던 게 아니라, 내가 갖고 있던 고민이 이 회사들을 만나면서 N잡으로 구현된 거다.

두 조직에서는 어떤 일들을 맡고 있나?

빠띠 내부에 '우주당'이라는 당이 있다. 정치인 없이 시민의 목소리가 중심이 되는 당을 만드는 게 목표다. 그런데 이 과정에서 문제가 되는

게, 어떤 이슈에 대해 말하면 아주 긴 운동으로 이어가야 한다는 압박
감이 내부 구성원들에게 있더라. '그러면 한 달 단위로 뭔가를 해결해
보는 프로젝트는 어떨까?' 하는 생각이 들어 '월간 우주당'이라는 걸
만들었다. 예를 들면 2017년 3월에는 '여성'이 주제였는데, 몇 가지
액션을 하고 그 과정과 결과를 매거진 형태로 아카이빙했다. 사소하
게는 택시에서 들은 기분 나쁜 이야기나 반말, 불쾌한 상황 등에 대한
설문을 받고 결과를 분석해서 블로그에 올린다거나 하는 것들이었지.
진저티에서는 이 조직이 하는 의미 있는 일들을 아카이빙하고 밖으로
내보내는 업무를 주로 하고 있다. 2017년 7월에는 《어댑티브 리더십》
이라는 책을 만들었는데, 기존의 리더십 이야기와는 다르게 '모두가
리더다'라는 관점을 가진 책이다. 이 책을 만들기 위한 스토리펀딩 진
행을 맡아서 5회 동안 글을 쓰고 진행 사항을 조율하기도 했다.

**조직 내부가 아니라 개인적으로도 '외롭지 않은 기획자 학교'라는 행사
를 만들어서 진행한 것으로 안다.**

기획자를 꿈꾸는 20대 초반 여성들과 기획의 실무를 맡고 있는 30대
초반 여성들이 만나서 서로 고민했던 것, 궁금한 것들을 나누는 자리
였다. 총 여섯 번 진행했는데, 나한테는 부족했던 것을 돌이켜보는 시
간이 되었고, 20대들에게는 '기획을 내가 어떤 식으로 해볼 수 있을
까?'라는 걸 생각하는 계기가 됐던 것 같다. 여기 참여했던 20대 여성
들끼리 최근 그룹 스터디를 시작했는데 '우리끼리 무엇인가 해보자'

가 목표라고 하더라. 내가 시작한 일이지만, 개인적인 바람은 그들이 직접 '외롭지 않은 기획자 학교'를 진행해봤으면 하는 것이다.

단발성 행사가 아니라 지속적으로 이어나가야 한다고 생각하는 이유는?
'멘토'라고 하면 흔히 남성을 떠올리는 경향이 있다. 일을 열심히 하는 여자들이 실재하고, 이런 과정을 거쳐서 일을 해왔다는 걸 기록하는 게 의미가 있는데 지금까지는 그게 없었던 것 같다. 2017년 초에 4차 산업혁명에 관한 콘퍼런스가 열렸는데, 발표자 열한 명이 남자였다. 여성이 한 명도 없다는 사실에 큰 충격을 받았다. 미래에도 여전히 여자는 없는 건가? 그럼 나는 이것과 반대되는 일을 기획해야겠다는 생각이 들었다. 내 또래 친구들을 봐도 일을 잘하는 여성들보다 남성들이 남성이라는 이유만으로 대표가 되는 경우가 많으니까, 내가 아는 여성들을 모아서 다음 세대의 여성들과 만나게 하면 되겠다 싶었다. 기획자인 내 위치와 경험을 기반으로 가장 빨리 할 수 있는 일이니까. 일로 만난 세 명의 친구들과 따로 소개받은 한 분을 강연자로 세웠는데, 친구로 지낼 때보다 더 좋았다. '저 사람들이 이렇게 일하고 있었구나'라는 걸 배울 수 있었다.

'N잡러'는 조직 안에서 일하고 조직의 성장을 함께 확인하는 사람이라고 말하기도 했는데, 왜 다른 사람들과 일하는 방식을 택하나?
성향이다. 혼자 일하면 재미없다. 내가 쓸 글을 기획한다거나, 나 스스로 1인 기획자가 되기보다는 사람들과 더 연결됐으면 한다. 뭔가를 했을 때 그 즐거움이나 공을 공유하고 싶은 거다. 나는 사실 네트워크가 넓은 사람은 아니다. 사람은 가리는데 신뢰할 수 있는 사람들과 일하는 건 좋아한다. 20대에는 몰랐는데 30대가 되어 알게 된 것 중 하나랄까. 가령 진저티에는 원래 밀레니얼 세대 연구를 맡기로 하고 입사한 건데, 현재는 아이디어 디벨롭 차원에서 멈춘 상태다. 생각보다 연구 규모가 커서 연구 설계에 시간을 좀 더 쏟아야 한다고 판단한 거다. 예전에는 그 연구를 내가 하고 싶다는 마음이 중요했지만, 지금은 꼭 내가 하지 않아도 괜찮다고 생각한다. 다른 이들과 같이하는 일이니까. 누군가 이걸 잘할 수 있는 토대를 내가 만드는 거라면, 이 일에 나도 기여를 하는 거니까.

하지만 협업은 혼자 잘한다고 되는 게 아니지 않은가?

가장 중요한 건 다른 사람들과 협업에 대한 기대 수준을 서로 맞추는 거다. 와일드블랭크는 함께하는 친구와 10년간 서로 알아왔기 때문에 맞추는 과정이 필요 없기도 했고, 목표는 그냥 에코백을 파는 거였기 때문에 기대 수준이 높지 않았다. 디모스의 경우에는 '우리는 한 달에 한 번 만나고 6개월 동안 돈을 모아 투자를 하자'라는 확실한 목표가 있었고, 대화의 조건 같은 것까지 구체적으로 맞춰놨다. 기획자 학교는 강연비 때문에 혼자 진행하기엔 무리라 투자를 해줄 수 있는 분과 함께했는데, 그분은 서포터 역할을 하고 나는 내 일을 하면 되는 거였기 때문에 기대 수준이 비슷했다. 그런데 사실, 많은 협업에서 기대 수준이 맞춰졌다고 착각하는 경우가 많다. 대강 '우리 성향이 비슷하지 않을까?'라고 판단하기 쉬운데, 일과 기대 수준에 대해 서로 이야기를 많이 해봐야 한다. 그 부분을 말하고 공유하는 걸 꺼리는 태도가 일을 망치는 지름길이라고 본다.

N잡을 하고 나서 본인에게 일의 의미가 달라지기도 했나?

노동과 일은 좀 다르다. 일은 사람을 조금 더 성장시킨다고 생각한다. '놀이로도 가능하지 않을까?' 고민도 해봤지만 과정과 결과를 명확하게 확인할 수 있는 것은 역시 일이다. 예를 들어 나는 와일드블랭크를 하면서 '내가 이런 걸 잘하는 사람이구나'라는 걸 알게 된 게 있다. 에코백을 만들기 위해 원단 가게 사장님을 재촉한다거나 하는 일들. 내가 사장님과 통화하는 모습을 보고 친구가 동대문에서 오랫동안 장사한 사람 같다고 하더라.(웃음) 예전에는 내가 예술적인 사람이라고 생각했는데 오히려 그게 아니라 관리를 하고, 상황을 정리하는 데 재능이 있다는 걸 알게 됐다.

그래서 와일드블랭크 같은 '밤일'도 일의 포트폴리오에 넣는 건가?

낮일에서는 그런 걸 알기가 힘든 게 실패를 하면 안 되니까. 하지만 밤에 하는 프로젝트는 그렇지 않다. 그렇다고 밤일에서 실패를 많이 했다는 건 아니고(웃음) 처음에는 시행착오에 대한 내 반응을 조절하지 못했다. 이제는 훈련이 된 상태다. 고객에게는 어떻게 전달하고, 제작업체 측에는 뭐라고 조율하고…. 디모스에는 함께 투자할 프로젝트를 선정하는 과정에서 구성원 열두 명이 피칭을 한다. 내가 하나를 가져가면, 나머지 사람들이 관심 있는 열한 개 기획을 볼 수 있는 거다. 그걸 통해서 배우는 게 있다. 그러니까 와일드블랭크나 디모스도 단순한 자아실현 혹은 놀이라고 할 수 없다. 이게 일인 것 같다. 서로 연결되어서 내 삶을 만들어내는 것들. 그리고 내가 선택해서 내가 일이라고 정의하는 것들을 잘 해나가다 보면 자신을 잘 알게 된다.

자신에 대해 또 알게 된 것들이 있나?

와일드블랭크를 막 시작했을 때, 나는 해시태그 '#나는페미니스트입니다'를 못 쓰는 사람이었다. 이전에는 페미니스트를 별개의 존재라고 해석했다. '와일드블랭크프로젝트' 이후 많은 것이 달라졌는데, 지금은 일하는 여성들을 만나고 내가 앞으로 일할 환경에 대해 생각하면서 여성 문제에 관심이 더 많아졌다. 예전보다 더 페미니스트가 됐다. 그게 의협심을 더 가지게 된 게 아니라 나를 더 잘 알게 되고, 내가 부당한 상황에서 가만히 있고 싶지 않은 사람이라는 걸 알게 된 거다. 이런 게 일을 통한 성장 아닐까.

지금 주로 일하는 소셜 섹터의 환경은 여성에게 어떤 편인가?

어떤 면에서는 일하기 좋다. 정치적으로 올바르고자 하는 사람들이 많은 곳이고, 야근이 있기는 하지만 그걸 지양할 방법은 없을까 고민도 한다. 실무자 중 여성 비율이 높은 곳인데, 아마 이 업계가 다른 데 비해서 월급이 많지 않아서일 수도 있다. 그럼에도 위로 올라가면 여성이 많지 않다. 정치적으로 올바르고자 하지만 한국의 많은 분야처럼 젠더 감수성은 부족하기 때문에 벌어지는 여러 가지 일들도 있고, 대기업과는 다르게 열 명에서 서른 명 규모의 작은 회사들이 많아 그 안에서 남성 연대가 더 단단하고 돈독한 부분도 있다.

여성이기 때문에 차별받는다는 느낌을 받을 때도 있나?

지금까지는 없었다. 그건 내가 실무자여서 그럴 수도 있다. 여성으로서 차별을 받기에는 여성이 너무 많은 집단에서 일하는 경우가 대부분이기도 하고. 이런 생각은 든다. 만약 내가 결혼을 하거나 아이를 낳거나, 혹은 지금보다 나이가 많았다면 과연 차별받는다는 느낌을 받지 않으면서 일할 수 있을까? 아닐 거다. 어쨌든 여기서도 권력을 쥐고 있는 건 남자들이다. 부정이나 추문 등이 있어서 사라졌던 남성들도 다시 나타나서 대표를 맡거나 전문적인 조언을 하는 현상들을 많이 본다. 열심히 노력한 여성들의 자리가 그런 사람들 때문에 없어지는 거지. 지금까지 내가 직접 경험하지 않았다고 해서 없는 게 아니라 앞으로 경험할 수도 있는 일들이다.

약 1년 동안 'N잡러'로 살아왔는데, 계속할 만하다고 판단하나?

반반인데, 힘들긴 힘들다. 일도 많아지고 머리가 좀처럼 꺼지지 않는다. 한쪽에 와 있는데 다른 쪽 문제가 해결되지 않으면 스트레스도 받는다. 그런데 문득 생각해보니 '그동안 왜 5일간 하나의 일만 했지?' 싶더라. 지금 하는 일은 밀도가 엄청 높다. 3일만 출근하더라도 업무를 5분의 3으로 하는 게 아니라 5일만큼의 일을 3일 동안 할 수 있게 설계해야 한다. 다행히 하다 보니까 리듬감이 생겼고, 거기에 나를 맞춰가면서 일하는 건 재미있다. 그런 면에서는 성공적인 실험이었는데, 다른 한편으로는 '달려가는 일을 계속하는 건데 이 속도를 유지할 수 있을까?' 싶은 고민이 있다.

제도에 대한 고민도 크겠다.

빠띠에서는 정규직으로 일하고, 진저티에서는 개인사업자 형식으로 일하고 있다. 그런데 진저티에서 하는 형식으로는 법률적인 문제 때문에 일정 기간 이상 일을 할 수 없더라. 여기서 계속 일하고 싶으면 어떻게 해야 할까? 법 자체가 5일간 40시간 동안 한 회사에서만 일하는 사람을 위해서 만들어졌다. 이런 상황에서 N잡을 유지하는 건 너무 어렵다. N잡 구직 시장은 열렸다고 생각하는데, 이 사람들을 담을 수 있는 제도가 없다는 느낌이다. 복지 제도도 마찬가지다. 가령 회사에서 100만 원이라는 학원비를 복지비로 제공한다면, 나 같은 N잡러가 들어갔을 때 어떻게 분배해야 할까. 전통적인 의미의 조직에서 뛰어나가기 시작하는 사람들은 계속 늘어나는데 사회가 제시하는 형태는 두 가지뿐이다. 하나의 직장에 속해 있는 정규직 아니면 프리랜서. 그렇다면 프리랜서의 처우는 좋을까? 그렇지 않다. 이런 부분에 대해 고민하고 있고, 노무사와 상담한 다음 정리해서 기록을 남겨놓고 싶은 생각도 든다. 이런 질문도 N잡이 아니었다면 할 수 없었을 테니까.

혹시 일하는 다른 여성들에게 하고 싶은 이야기가 있을까?

사실 이 형태의 N잡은 나로 끝날 수도 있다. 어떻게 보면 일하는 환경에 대한 관심이 점점 높아질 때 운 좋게 시작한 거지, N잡이 뭐라고 명확하게 정의를 내릴 수는 없는 거니까. 선택의 문제라고만 말할 수도 없는 게, 지금 20대들은 선택을 하려고 해도 할 수 없는 상황이다. 여성의 노동 환경 역시 자기 계발을 하거나 개인적인 차원으로 해결되는 상황이 아니다. 나는 앞으로 사회가 망하지 않으려면 다양한 형태의 일이 많아야 하고, 사회적 분위기가 아니라 '제도'가 만들어져야 한다고 본다. 그걸 개선하는 기반을 만들어가기 위해 노력하고 싶다. 반드시 정치가 아니어도 머리가 필요하다면 기획으로, 때로는 목소리로 기여할 수 있지 않을까. 그렇게 해야 나의 환경도 나아진다는 생각을 하기 때문에 앞으로도 그런 노력을 하며 N잡을 해볼 계획이다. 물론 언제든 끝날 수도 있다. (웃음)

지금 형태의 N잡을 끝낸다고 해서 N잡 자체가 끝나는 건 아니니까.

만약 N잡 실험을 끝낸다고 해서 다시 하나의 직장으로 돌아갈까? 그건 잘 모르겠다. 세 개의 직장에 다녀보는 건 지금과 크게 다르지 않은 것 같고, 할 수 있다면 다른 형태의 일을 실험하는 사람이 되고 싶다. 다른 사람들에게도 실험을 해보라고 권유하진 못하겠지만(웃음), 적어도 나 자신에게는 실험해볼 수 있을 것 같다.

인터뷰·글 황효진

홍진아의
물건

"예전에 언론사 입사를 준비했어요. 2010년 겨울 이른바 '언론고시생' 생활을 마무리하면서 뉴욕 여행을 다녀왔는데, 코치 매장에서 이 스카프를 발견했죠. 당시는 엄청 가난했을 때라 65달러라는 가격을 보고 일단 돌아섰어요. 그런데 나중에 다시 생각이 나더라고요. 손을 벌벌 떨면서 사왔는데 지금까지도 주변에서 예쁘다는 말을 자주 들어요." 그 후로 8년째 사용하고 있는 이 스카프는 여러 가지 일을 오가는 N잡러 홍진아에게 없어서는 안 될 아이템이 됐다. 야외에서 일하다가 격식을 차려야 할 업무 미팅에 참석하거나, 하루에 각각 다른 미팅이 여러 개 예정되어 있을 때 홍진아는 입고 있던 옷에 스카프를 매는 것으로 몸가짐과 마음가짐을 새롭게 한다. 세상은 바쁘게 일하는 여성들에게도 언제나 준비된 아름다움을 요구하지만, 옷을 늘 잘 갖추어 입을 수는 없고, 불편한 옷은 날이 갈수록 입기 힘들어지니까. "그럴 때 사각 스카프를 하나 매면 스스로 '괜찮아. 나는 옷을 잘 입었어'라는 생각이 들어요. 자신감도 향상되고, 상대방에게도 내가 준비되어 있다는 느낌을 줄 수 있죠." 무엇이든 자신에게 맞는 방식을 찾기. 일에서도, 스타일링에서도, 홍진아가 알려준 삶의 태도다.

글 황효진

EPILOGUE
by 4인용 테이블

처음 퍼블리를 통해 〈일하는 여자들〉 인터뷰를 기획하고 섭외에 들어갔을 때 가장 빨리 그리고 기꺼이 응답해온 분은 당시 무려 지구 반대편에 머물던 백은하 기자였다. 영상통화로 인터뷰를 진행한 밤, '왜 그렇게까지 멀리'라는 뻔한 질문에 곰곰이 생각하며 답하던 백은하 기자의 등 뒤로 파랗던 런던의 하늘이 천천히 노을로 붉게 물들어가는 것을 보았다. '좋아하고 잘하는 일을 더 잘 해내기 위해 시차쯤은 기꺼이 뛰어넘을 용기'라는 표현은 그 밝은 한밤에 태어났다.

〈우리들〉을 만든 사람을 만난다는 사실에 잔뜩 긴장한 채로 신촌의 한 카페에서 윤가은 감독을 기다리던 한낮도 떠오른다. 나와 녹취 중이던 황효진 에디터 둘 다 잠시 숨을 멈추었던 순간이 있었다. 그 순간이 인터뷰

속에 담겨 있다. 나 역시 창작을 하는 사람
이기에 책을 받으면 거기에 가장 먼저 밑줄
을 칠 것이다.

이지혜 기자는 놀라울 만큼 성실히 인터뷰
에 임해주었다. 시간만 되면 만나서 수다를
떠는 사이인데도 질문마다 몇 줄씩이나 되
는 답변을 써와 긴 이야기를 내 앞에 꺼내놓
았다. 그 이야기들을 통해 오랜 시간을 함께
해왔음에도 내가 미처 몰랐던 어떤 것을 알
게 되었다. 모두 좋은 선배와 동료들 덕이라
고 말하는 그가 나의 동료였던 덕에, 지금까
지 함께 해온 모든 일이 좋았다.

정명희 디자이너가 진행한 우해미 대표의
인터뷰에 동행하여 인터뷰가 끝난 뒤에도
한참 사업자등록증을 가진 사람의 고충을
나눈 것도 기억한다. 이후로도 인터뷰에서
그런 미래대로 이어져가는 그의 여정에 내
내 감탄했다. 장경진 에디터가 진행한 지이
선 작가의 인터뷰를 녹취로 함께할 수 있었
던 것은 그가 쓰고 각색한 모든 연극을 충실
히 지켜봐온 관객으로서 믿기지 않는 일이

었다. 황효진 에디터가 진행한 손기은 에디터 인터뷰에 함께하면서는 좋은 에디터가 얼마나 정확한 언어로 말하는지를 지켜보는 진귀한 경험을 했다. 11년 지기인 N잡러 홍진아의 인터뷰 역시 황효진 에디터가 진행했다. 지금 내가 친구이자 동료로 가장 많은 시간을 나누는 두 사람이 인터뷰어와 인터뷰이로 만나는 모습을 지켜보는 특별한 경험을 한 날은, 이미 2017년 특별한 날 중 하나로 색칠되어 있다.

이 책에 실린 열한 명 인터뷰이와 4인용 테이블의 나머지 세 사람, 그리고 이 책에서 자신의 일부를 발견할 모든 '일하는 여자들'과 함께 앞으로도 일하고 싶다.

멈추지 않고, 사라지지 않고.

글 윤이나

자신이 없었다. 일에서라면 더더욱 그랬다. 14년째 좋아하는 것을 좇아서 일해왔지만, 세상의 기준에서 자유롭지 못했다는 문장이 더 정확하겠다. 회사 이름만 대면 누구나 아는 곳에서 일한 적도 드물었고, 때때로 다니던 회사들은 망하기도 했다. 오랫동안 타인의 이름을 알리는 위치에서 일했기 때문일수도 있고, 일에도 등급을 매겨 이 정도의 일은 일이 아니라고 평가절하해왔는지도 모르겠다. 회사를 그만두고 앞으로 무슨 일을 할 수 있을까를 고민하다 보니 자신감은 더더욱 바닥을 쳤다.

"기자님이 하시는 거니까 할게요." 내 불안과 소심을 안아준 것은 놀랍게도 일하면서 만난 사람들이었다. 10년 가까이 공연계 취재를 해왔지만 소속이 없는 상태로 누군가에게 인터뷰를 요청하는 일은 처음이었다. 개인 연락처를 어렵게 알아내 전화를 했을 때 들려온 반가운 목소리에 "고맙습니다"라는 말을 몇 번이나 했는지 모른다. 인터뷰를 하면서는 자신의 변화에 서로의 영향이 있었음을 확인하기도 했고, 불합리한 문제들에는 함께 분노하기도 했다. 번거롭고 때로는 무례하게 느껴질 수도 있는 일들을 흔쾌히 해준 분들 덕분에 첫 결과물을 만들어낼 수 있었다. 그리고 이것은 지난 시간의 경력이 헛되지 않았다는 일종의 인정이었다.

그동안 일로 다양한 사람들을 인터뷰하면서 종종 '저 사람은 일면식도 없는 나에게 왜 이렇게까지 속 이야기를 할까'라고 생각하던 때가 있었다. 그런데 달라진 상황에도 변함없이 이야기를 들려주는 이들을 만나고, 4인용 테이블의 다른 동료들이 작업한 인터뷰들을 읽으면서 그들이 나와 다르지 않기 때문이라는 것을 알았다. 나와 같이 불안하고 누군가에게 인정받고 싶고 함께하고 싶어서, 작업물을 지켜봐주고 그 의미를 발견

해준 이에게 기꺼이 마음을 내어준다는 것을. 나이와 경력, 분야가 달라도 모두가 자신의 자리에서 살아 있고, 살아남기 위해 부지런히 움직이고 있었다. 그리고 열한 명 모두가 자신의 일을 긍정하고 있었다. 덕분에 일을 대하는 소심한 태도는 나의 지난 삶을 그 어떤 것보다도 더 부정한다는 것을 알게 됐다. 그러니 '일하는 여자들'을 더 많이, 더 자주 만나야 한다.

모두가 달라도 우리가 닿는 부분은 많고, 그것이 서로에게 생각보다 더 큰 위로가 되니까.

글 장경진

대학 졸업 이후 나는 언제나 일하고 있었다. 잠깐이라도 일을 쉬면 오히려 마음이 불편했다. 일하는 내가 좋았고 일에서 얻는 성취감 또한 나에게는 없어서는 안 될 삶의 일부였다. 2017년 초 회사를 그만두고 프리랜서의 삶을 살기로 결심한 후 솔직히 막막했다. 일을 계속하고 싶다는 생각이 여전했다. 비슷한 시기에 프리랜서가 된, 혹은 이미 프리랜서였던 마음이 맞는 동료들과 모여 프로젝트 팀 4인용 테이블을 결성했다. 모두 여성이었기에 당연히 여성 생활에 밀접한 콘텐츠를 만들기로 했다. 이것도 나에게는 일이었고 가치관이 맞는 동료들과 함께 뭔가를 만든다는 기대감이 활력소가 되었다.

팀을 결성하고 얼마 지나지 않아 황효진 에디터가 '일하는 여자들' 인터뷰 기획을 제안했을 때 멤버들 모두 '이건 꼭 해야 한다'고 입을 모았다. 내 주변 사람들뿐 아니라 다양한 직업군에 있는 일하는 여성들의 목소리를 듣고 싶었다. 여성으로서 어떻게 커리어를 쌓아가고 있는지, 어떤 가치관이나 중심을 갖고 살아가고 있는지 궁금했다. 그래픽 디자이너인 나도 생애 처음 인터뷰어로서 내 관심 분야인 예술문화 계열 인터뷰이들을 섭외했는데, 이제 막 첫발을 내딛은 '4인용 테이블'이라는 타이틀로 섭외가 잘 될까 했던 우려와는 달리 임진아 작가와 양자주 작가, 우해미 대표 모두 흔쾌히 인터뷰를 수락해주었다.

그들과 만나 직접 질문을 던지고 대답을 듣는 모든 과정이 설레고 가치 있었다. 임진아 작가는 회사생활을 하다가 작가로 독립한 경우여서 인터뷰를 하며 공감할 수 있는 지점이 많았고, 양자주 작가는 자신의 길을 스스로 선택하고 나아가는 결단력이 빛나는 사람이었다. 우해미 대표를 인터뷰할 때에는 일하는 여자로서, 독립적인 사업을 하고 있는 대표로서, 그리고 한 아이의 부모로서 살아가며 느끼는 점들에 대한 폭넓고 현실적인 대답을 들을 수 있었다. 그들에게서 나를 보기도 하고, 나에게 없는 면을 발견하기도 한 소중한 순간이었다.

동시에 그저 '일'하는 내가 아닌, 나를 어떻게 포지셔닝하고 꾸려나갈 것인지 고민해봐야겠다는 생각을 다시금 하게 되었다. 내가 무엇을 좋아하고 무엇을 싫어하는지, 무엇을 잘하고 무엇을 못하는지, 어떤 방식으로 일을 하는 것이 나와 맞는지 제대로 알고 내게 맞는 커리어를 쌓아가고 싶어졌다.

무엇보다 주변 사람들과 나누는 일상적인 교류 속에서 서로에게 힘이 되어주는 순간이 가장 중요하다는 것을 되새긴다.

글 정명희

〈텐아시아〉와 〈ize〉에서 함께 일했던 최지은 작가는 디지털 콘텐츠 〈일하는 여자들〉을 기획하며 내가 가장 먼저 떠올린 인터뷰이였다. 내가 신입 기자였던 시절 밤새도록 내 글을 붙잡고 조금 더 좋은 글이 될 수 있게 가르쳐준, 그리고 일로 만나는 사람들(주로 연예인)을 어떻게 존중해야 하는지도 구체적으로 알려준 선배였다. 무엇보다 2015년 이후, 이전까지 자신이 썼던 기사들 중 잘못된 것들을 반성하고 더 나은 기자, 사람이 되기 위해 노력하는 태도가 인상적이었다. 최지은 작가와 나 모두 프리랜서가 되어 사무실 바깥에서 인터뷰로 만난 건 조금 쑥스러운 경험이었지만, 지치지 않고 여전히 여성 관련 이슈에 집중하는 그의 모습을 확인하게 되어 기쁜 자리이기도 했다.

〈GQ〉의 손기은 에디터와는 원고 청탁으로 몇 번 연락을 주고받은 게 전부였다. 만나서 이야기를 나눠본 적은 전혀 없고, 나 혼자 〈GQ〉를 읽으며 '어떻게 이런 멋진 푸드·드링크 기사들을 쓸까?' 늘 감탄했을 뿐이다. 섭외 메일을 보내자마자 빠르게 돌아온 답장, 질문에 대한 적확한 답변, 그러면서도 표현을 고르고 고르는 신중함까지 너무나도 '에디터'다운 프로페셔널함이 돋보이는 사람이라 인터뷰를 하면서 손기은에게 한 번 더 감탄했다. 인터뷰 자리에서 제대로 답을 못 했다며 추가로 보내온 메일은 또 얼마나 구체적이었는지. 기자로 일하던 시절의 나는 과연 그처럼 성실하고 타인에게 사려 깊으며 내가 하는 일을 정확히 이해하는 사람이었는지 새삼 돌아보게 되는 경험이었다.

N잡러 홍진아는 4인용 테이블을 함께하는 윤이나 작가의 친구로, 그간 들어온 이야기나 외부에 알려진 활동을 통해 언제나 에너제틱하다는 인상을 주는 사람이었다. 그런데 그처럼 다양한 일을, 그것도 모두 제대로

해내기 위해서는 에너지뿐만 아니라 자신을 제대로 파악하는 능력이 필요하다는 걸 인터뷰에서 알게 되었다.

홍진아를 만난 후 나는 작은 수첩을 하나 샀다. 내가 무엇을 잘하고 못하는지, 어떤 상황을 힘들어하고 혹은 기꺼이 감당할 수 있는지 차근차근 정리해볼 생각이다.

〈일하는 여자들〉을 기획할 때는 단순히 '일 잘하는 여성들'의 이야기를 듣는 게 중요하다고 여겼다. 이 책을 만들면서 생각이 달라졌다. 남성으로 대표되는 수많은 분야에 여성들이 존재한다는 것, 그 사실을 꾸준히 알리는 게 가장 중요하다.

여기도, 저기도 일하는 여성이 있다는 신호를 다른 여성들이 잘 볼 수 있도록 계속해서 반짝, 보내고 싶다.

글 황효진

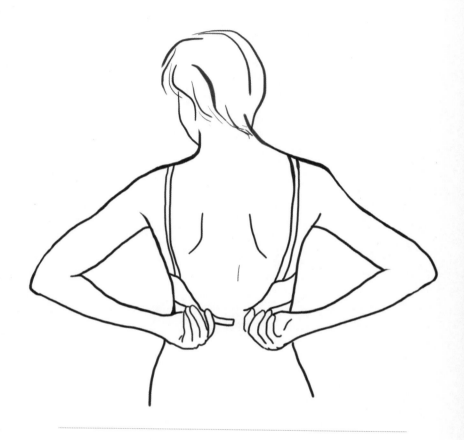

브라는 은유다. 일하는 여자들은 안다. 브라를 착용할 때 느끼는 압박감과 브라를 해제할 때 느끼는 해
방감을. 물론 해방감이 없는 밤도 숱하다. 브라를 차고 풀 때 겪는 신체적, 정신적 변화는 여성이기에 겪
는 고충, 성장과 이어진다. 그 사적이고 공적인 순간을 여자와 일하는 모든 이에게 전한다. 글 편집자 MY

표지 · 내지 그림
Cover · Inside Drawing

엘
L